상처를 사랑할 수 있을까

KIZU WO AISERUKA

by Naoko Miyaji

상처를 사랑할 수 있을까

미야지 나오코
박성민 옮김

시와서

차례

1장

마음속의 바다, 마음속의 하늘

아무것도 할 수 없다 해도

이렇게 당신이 날기 시작해 나에게서 멀어져가는데, 내가 여전히 당신을 바라보아야 할 필요가 있을까요?

—— 뤼스 이리가레 《근원적 정열》

딸아이가 꽤 어렸을 때, 밖에 나갔다가 계단에서 굴러 넘어진 적이 있다. 조금 떨어진 곳에 있었던 나는 아이가 넘어지는 모습을 그냥 지켜보고 있었다. 그저 가만히, 아이를 지켜보고 있었다. 조용히. 움직임 없이. 옆에 있는 사람들이 냉정한 엄마라고 생각했을지도 모른다는 생각이 나중에서야 들었다. 보통의 엄마라면 패닉 상태가 되어 소리를 치거나 허둥지둥 아이에게 달려갔을 테니까.

왜 나는 패닉 상태가 되지 않고, 달려가지도 않았으며, 그저 지켜보고만 있었을까.

아마도 그때 나는 의사라는 내가 되어 있었던 것일 테다. 아이가 어떻게 굴러 넘어졌는지 똑똑히 지켜보는 것이 그 후에 어떻게 대응해야 좋을지 생각하는 데 가장 도움이 되기 때문이다.

무슨 일이 일어났는지 냉정히 관찰하는 것은 진찰 행위의 기본이다. 감정에 휘둘리지 않고, 불필요한 행동을 하지 않으며 경과를 지켜보는 능력은 의사로서 반드시 갖추어야 하는 것이다.

하지만 그건 나중에 내가 억지로 갖다 붙인 이유인지도 모른다. 그리고 어쩌면 순서가 뒤바뀐 것 같다는 생각도 들었다. 그러니까 일어난 일을 가만히 지켜보는 버릇이 있기 때문에 나는 의사라는 직업을 가지게 되었고, 또 지금의 일을 하고 있는지도 모른다고.

아무것도 할 수 없다 해도, 보고 있어야 한다. 눈을 떼지 않고, 처음부터 끝까지 지켜보지 않으면 안 된다. 늘 그런 운명이 내게 주어진 것 같다는 생각이 들었다. 그런 운명이 어디서 왔는지는 나도 모르겠다. 언제부터인지도 기억나지 않는다. 다만 누군가가 그렇게 하도록 시킨 것 같지는 않다.

어쩌면 어린 시절의 체험이 작용하고 있는지도 모르겠다. 여기서 굳이 말하지는 않겠지만, 몇 가지 짐작 가는 기억들이 있다. 집안에서 막내로 태어난 나는 사랑과 보살핌을 듬뿍 받으며 자랐다고 생각은 하지만, 또한 동시에 가정의 안팎에서 벌어진 재난이나 언쟁, 기쁨과 슬픔을 가장 무력한 존재인 채로, 내내 가슴 졸이며 목격해왔다는 생각도 든다.

나뿐만 아니라 어린아이는 자신의 주변에서 일어나는 일을 그저 지켜볼 수밖에 없다. 어른들이 말다툼을 해도, 다른 아이가 부당한 대우를 받고 있어도, 그 모습을 그저 숨죽인 채 가만히 바라보고 있을 수밖에 없다. 말다툼을 말리고 싶고, 부당함을 바로잡고 싶지만, 아이에게는 그럴 힘이 없다. 누군가를 지켜주고 싶어도 지켜줄 힘이 없다. 그렇다고 해서 그 자리를 벗어날 힘도, 도망갈 수 있는 곳도 없다. 그저 그 자리에 가만히 있을 수밖에 없다. 그렇기 때문에 눈을 떼지 못한 채 바라보고 있을 수밖에 없는 것이다. 방문 뒤에서, 차 뒷좌석에서, 교실 한구석에서.

하지만 어른이 되고 의사가 되어 전문적인 지식과 기술을 익히게 된 나는 이제 가만히 지켜보고만 있지는 않는다. 눈앞에 놓인 상황에 뭔가 변화를 줄 수 있다. 말다툼을 멈추게 하고, 부당함을 바로잡고, 사람의 생명이나 마음을 지키고, 안심하게 하고, 상처를 달래줄 수 있다. ……
그런데 그렇게 되어야 하는 것이 마땅한데도, 왠지 현실의 나는 어린 시절과 똑같은 경험만 되풀이하고 있는 것만 같은 기분이 든다.

'수수방관'이라는 말이 있다. 팔짱을 낀 채 옆에서 바라보고만 있다는 뜻이다. 긍정적인 의미로 쓰이는 경우는 많지 않다. 하지만 팔짱을 낀 채 바라보고만 있을 수밖에 없을 때도 많다. 손을 내밀 수 없을 때, 내민다고 해도 상대방에게 손이 닿지 않을 때, 닿는다고 해도 끌어올릴 힘이 부족할 때. 의료 기술이 아무리 발전했다고 하지만, 치료할 수 없는 병은 아직도 수없이 많다. 상처 입은 마음을 치유하는 특효약은 없다. 빨리 회복할 수 있도록 주변의 환경을 정리한다고 해도, 거기에는 엄청난 시간과 정신적 에너지가 필요하다. 눈앞에서 상황이 계속 나빠지고 있는 게 뻔히 보이는데도, 본인이나 가족이 일단 '맨 밑바닥'을 칠 때까지 그냥 기다리고 있을 수밖에 없을 때도 있다.

결국 어른이 되어도, 의사가 되어도, 나 자신이 변하게 할 수 있는 건 아주아주 조금밖에 없다는 것을 깨닫는다. 아이 때와 다른 것이 있다면, 거기에 무력감에다 죄악감까지 더해진다는 것이다. 그저 팔짱만 끼고 있는 편이 차라리 나을지도 모르는데 굳이 위험한 영역에까지 손을 내밀게 되는 것은, 아무것도 하지 않았다는 죄악감에서 조금이라도 벗어나기 위해서인지도 모른다. 아무런 행동도 하지 않고, 그저 쭉 지켜보고만 있는 것은 힘들다. 그리고 괴롭다.

잠깐 이야기가 딴 데로 새지만, 얼마 전 친한 친구가 사랑하는 사람을 병으로 잃었다. 그는 내 친구이기도 해서 치료 문제로 상담을 해주기도 했기 때문에 그의 죽음은 내게도 큰 충격이었다. 오랫동안 병을 앓고 있기는 했지만 넘치는 생명력으로 버텨온 사람이었기에 그의 부고는 믿기 힘들었다. 그리고 너무나 다정했던 두 사람이었기에, 홀로 남겨진 친구가 무엇보다 걱정이었다. 온종일 옆에 붙어서 간병했고, 이제 겨우 빛이 보이려고 할 무렵이었다. 그가 사라진다는 것, 그 친구는 꿈에도 생각하지 못했던 것이다.

장례식 때도 함께 있었지만, 나는 친구를 어떻게 대해야 좋을지 알 수 없었다. 어떤 위로의 말을 해도, 손을 붙잡아도, 안아주어도, 아무런 힘이 되어줄 수 없을 것 같았다. 그 모든 것이 얄팍하고, 나 자신이 어설픈 연극을 하고 있는 것 같은 기분조차 들었다.

옆에 누군가가 있지만, 어느 누구도 가버린 사람을 대신해줄 수는 없다. 그것은 너무도 아플 만큼 명백하고 움직일 수 없는, 어떻게 해야 할 도리가 없는 사실이다.

장례일은 매미 울음소리가 들려오는 맑게 갠 더운 날이었다. 상주를 맡은 그녀는 사람들 앞에서 내내 차분한 표정을 짓고 있었다. 조문객들에게는 넘치지도 모자라지도 않게 인사를 건넸다.

장례식이 끝나고, 냉방이 잘 되어 있는 화장 시설에서 화장을 끝내고, 참배객이 유골을 모은다. 유골함에 그의 유골이 담기는 모습을, 친구는 지켜본다. 마지막 한 달, 그는 결국 더는 버티지 못하고 병원에 입원했다. 병원의 이물이 유골함에 섞여 들어가지 않도록, 친구는 찬찬히 지켜본다. 그리고 그런 친구의 모습을, 내가 지켜본다.

그때, 나는 뭔가를 깨달았다. 보고만 있어도 괜찮다고. 함께 지켜봐주기만 해도 괜찮다고, 옆에 있어주기만 해도 괜찮다고.

'아무것도 할 수가 없어 보고만 있어야 하는' 운명이, '아무것도 할 수 없다 해도, 함께 보고 있기만 해도 괜찮아, 아무것도 할 수 없다 해도, 그 자리에 함께 있어주기만 해도 괜찮아'라는 메시지로 변했다.

가만히 보고 있을게. 아무것도 해줄 수는 없지만, 네가 제대로 상주 역할을 다하는 모습을 지켜보고, 지금 이 순간이 존재했다는 증인이 되어줄게. 상실은 쉽게 채워지지 않겠지만, 그래도 괜찮아. 서두르지 마. 내가 늘 지켜보고 있을 테니까. 그저 이렇게 바라보는 것밖에는 할 수 없겠지만……, 나는 그렇게 생각했다.

그런 생각이 들게 한 것이 세상을 떠난 그가 가진 생명력에서 온 것인지 어떤지는 모르겠다. 하지만 그도 분명 어디선가 지켜보고 있지 않을까.

목격하다. 바라보다. 살펴보다. 지켜보다. 찾아보다. 찬찬히 보다. 눈여겨보다. '지켜줄 수' 있을 만큼의 힘도 마음도 내가 끝내 가지지 못할지도 모르지만, 그래도 괜찮다.

영어로는 '목격하다'도 '증인'도 다 '위트니스(witness)'라고 한다. 목격하는 것. 증인이 되는 것. 자신이 직접 끔찍한 일을 당하지는 않았기에 그때의 공포나 긴장을 그만큼 절절히 느끼지 못하는 경우가 많지만, 결국 지켜보는 자신의 몸도 마음도 무거운 짐을 지게 되는 것이다. 어린 아이였던 나도 얼마나 무서웠을까. 이제야 그런 생각이 든다. 하지만 또한 동시에, 어쩌면 내가 느끼는 것만큼 아이가 무력하지만은 않을지도 모른다는 생각도 든다. 무슨 일이 일어나고 있는지 눈으로 똑똑히 지켜보는 아이가 있기 때문에 구원받는 사람도 분명히 있을 테니까.

○(동그라미) = 인연

꽤 오래전에 나온 만화책인데, 구라모치 후사코가 쓴 《수다쟁이 계단》이라는 책에 '선(線)'과 '원(圓)'이라는 이름을 가진 형제가 나온다.

주인공인 카나는 곱슬머리 때문에 이지메를 당하는 아이이다. 같은 반 친구인 선을 좋아하고 선도 카나를 좋아하지만, 둘의 사랑이 이루어지기까지 몇 년 동안은 계속 엇갈리기만 한다. 순정 만화의 정석 같은 이야기로 보일 수도 있겠지만, 중학교 2학년 때부터 대학 입시 학원 시절에 이르는 동안, 카나와 또래 아이들이 성장하면서 얻게 되는 상처와 배움이 선명하고 섬세하게 그려져 있다.

카나에게는 세 살 아래 남동생 데쓰오가 있다. 어린 데쓰오가 사춘기를 맞아, 카나보다 키가 커지고 변성기를 겪고 여자친구에게서 선물도 받고 밴드 활동에 푹 빠져 지내는 모습을 카나는 조심스레 지켜본다. 어릴 적 꼬마였던 데쓰오가 장난치며 카나의 등에 매달리던 때를 떠올리며 그리워하기도 한다.

선의 남동생인 원은 데쓰오의 같은 반 친구로 같은 밴드의 멤버다. 이 만화에서 원은 자주 등장하지도 않고 중요한 역할을 맡고 있지도 않다. 하지만 '인연을 맺어주는' 계기라는 의미에서 보면 의외로 중요한 존재인지도 모른다. 이야기의 마지막에 카나가 어설프게 뜬 스웨터를 선에게 선물하는데, 원에게도 똑같은 것을 하나 더 떠서 주는 장면이 나온다. 원은 그 스웨터를 가만히 품에 안으며 말괄량이 카나를 형의 여자친구로 인정하는데, 그 장면이 무척 흐뭇하다.

사춘기 시절에 겪는 마음의 술렁임은 동그라미와는 거리가 멀어, 뾰족뾰족하고 삐뚤삐뚤하다. 인연도 얽히고설키고 도중에 끊어지기도 하면서, 원과는 동떨어진 모습이 된다.

TV에서 수험생이 빌딩에서 뛰어내려 자살했다는 뉴스를 보고 있던 카나의 아버지가 이렇게 혼잣말을 하는 장면이 있다.

"쯧쯧, 저 애 마음은 알겠는데, 그래도 그런 건 누구나 다 경험하는 건데 말이야."

카나는 그런 아버지를 보며 마음속으로 대답한다.

그래도 아빠……

당사자인 우리한텐

'그런 거'가 아니에요.

아빠는 이제 어른이고 수험 공부보다 더 힘든 경험을 하고 있을 테니까 '그런 거'라고 생각할지도 몰라요.

내가 중학생일 때,

죽고 싶을 만큼 싫었던 내 곱슬머리도

이제는 거의 잊어버린 것처럼 말이에요.

언제나 지금의 고민이 가장 힘든 거예요.

어릴 적 하던 고민의 무거움은 내용은 다를지 몰라도

지금 하는 고민의 무거움과 거의 다르지 않아요.

'아이'라고 해도, 아니 오히려 '아이'이기 때문에 상처나 괴로움은 리얼하다. 나는 직업상 사람들의 고민을 들을 일이 많은데, 그럴 때면 종종 이 장면을 떠올린다.

시간이 흐르고 나면 웃어넘길 수 있는 일도 그 고민의 한복판에 있을 때는 앞일을 예측할 수 없고, 언제 끝날지도 알 수 없는 끝없는 암흑이다. 계단을 오르고 있는 동안은 그것이 어디까지 이어지는지도, 끝까지 올라가면 눈앞에 무엇이 펼쳐지는지도 알 수 없다. 사방을 내려다볼 수 있게 되는 건 그 자리를 떠나 계단을 끝까지 올라가서 뒤

돌아보았을 때뿐이다.

어릴 때 읽었던 순정 만화에서 나는 지금도 여전히 메시지를 얻고, 그것을 다른 사람에게 건네준다. 누군가에게 건네줄 수 있는 것이 내 안에 많이 남아 있다는 것, 그런 소녀 시절을 보낼 수 있었다는 것에 감사한다.

물론 어른이 되고 나서도 마음의 술렁임은 계속된다. 뾰족뾰족 삐뚤삐뚤이 조금씩 줄어들면서 얼핏 매끄럽게 보일지도 모르지만, 그 대신 부딪히면 둔탁한 아픔이 오래오래 퍼져나간다. 인연은 휘감기고, 헝클어지고, 풀어지고, 끊어지고, 몇 번이고 다시 묶이면서 점점 더 복잡해진다.

그렇기 때문에 어른은 한없이 '동그라미'를 동경한다. 심플하고 미니멈하며, 어그러짐도 끊어짐도 없이 더없이 만족스러운 '동그라미'를.

모레노의 성당

어떤 여행이든 필연적으로 마음을 향해야 한다. 그렇지 않다면 무엇이란 말인가? 지구가 둥글다는 것은 모든 게 용서된다는 것이다.

—— 르 클레지오 〈달콤함, 검은 목소리, 뒤에서 나는 목소리〉

여행 마지막 날, 모든 일정이 다 끝나고 오후 시간이 통째로 비어서 잠깐 전철을 타보기로 했다. 학회 발표로 아르헨티나에 갔을 때의 일이다.

어찌 됐든 그날 안에 묵고 있는 호텔로 돌아오기만 하면 되겠지, 라는 생각으로 지하철을 타고 교외 전철이 발착하는 역까지 갔다.

어디까지 가볼까, 하고 망설였다. 아무래도 정보가 전혀 없다는 것이 걱정스럽기도 해서, 옛 시가지가 남아 있는 곳이라고 가이드북에 달랑 몇 줄 실려 있는 지명을 표지판에서 발견하고는 그 역까지 가는 표를 샀다. 루한. 나는 스페인어를 거의 하지 못한다. 역무원이 숫자를 말하고 있다는 건 알겠는데, 그 가격이 얼마인지는 알아듣지 못한다. 적당히 지폐를 내주고 거스름돈을 받는다. 발착하는 플랫폼과 시간은 커다란 표지판을 보고 확인하는 수밖에 없다.

전철 안은 붐비고, 칸막이 좌석은 통근하거나 아이를 데리고 탄 사람들로 꽉 들어차 있다. 통로에는 짐이 비어져 나와 있다. 서 있는 사람들도 많았는데 그 사이사이를 과자 장수가 초콜릿이나 껌을 팔며 요령 있게 지나간다. 양복 차림의 남성을 포함해 꽤 많은 승객이 그걸 산다. 맛이 있나? 싶어 초콜릿 비스킷 같은 것을 사서 먹어보니 초콜릿 맛은 별로 나지 않아 한 개만 먹고 가방에 넣는다.

2, 30분쯤 지나자 주택 지역인지 사람들이 우르르 내리기에 나는 빈자리에 앉는다. 그리고 10분쯤 더 가니 종착역이다. 목적지까지는 다른 전철로 갈아타고 30분쯤 더 가야 한다.

갈아탄 전철은 조금 전 차량과는 달리 낡았다. 건너편 자리에는 몸집이 자그마한 노부부가 지나온 세월을 얼굴의 주름에 담은 채, 거의 아무 말도 나누지 않았지만 함께 살아왔다는 것에 어떠한 후회도 의심도 없다는 듯한 표정으로 출발을 기다리고 있다. 그런데 아무리 기다려도 전철이 움직이지 않는다. 그때 방송이 흘러나왔는데, 나는 무슨 말인지 알아들을 수가 없다. 승객 몇몇이 전철에서 내린다. 노부부는 마주 보더니 한숨을 내쉬며 그대로 조용히 앉아 있다.

나는 어떻게 할지 생각했다. 남반구의 유월은 겨울이라 해가 일찍 저문다. 어둑어둑해진 낯선 마을을 돌아다니는 건 위험할 것 같기도 하고, 애초에 목적지도 별생각 없이 선택한 것이니, 단념하고 이 역 주변의 마을을 산책하기로 했다. 모레노라는 마을이다.

역 앞에는 잔디가 깔린 광장이 있고, 광장을 가로지르니 성당이 있다. 성당 입구에는 살집이 조금 있는 청년이 우두커니 서 있다. 지적 장애를 가진 것 같다. 나에게 말을 걸었지만, 무슨 말인지 알 수 없다. 모르는 척하기도 싫어서 조금 전에 산 초콜릿 비스킷을 하나 꺼내 '먹을래요?' 하는 듯한 눈빛으로 내밀자 기쁘게 받기에 상자째로 건네준다. 그러자 그가 예의 바르게 성당 문을 열어준다.

외국에 가면 성당이 여기저기에 있다. 나는 조직화된

종교를 그다지 좋아하지 않아서 평소에는 성당에 잘 들어가지 않는다. 그런데 그때 그가 열어준 문으로 들어가, 성당 뒤쪽에 놓인 직각의 길고 딱딱한 의자에 앉는 순간, 나는 내 안의 무언가가 풀어진 것처럼 울고 싶어졌다. 나무 천장과 나무 그리스도상. 그리고 마리아상. 천주교를 믿지도 않는데, 고요한 공기에 감싸여 있으니 무릎을 꿇고 기도하고 싶어진다. 슬픔이 하나하나 꼬리를 물고 넘쳐흐를 것만 같다. 나는 왜 이토록 슬픈 것일까. 이 슬픔은 대체 어디서 오는 것일까. 애초에, 그것들은 나의 슬픔인 것일까. 도대체 나는 무엇을 느끼고, 무엇을 찾고 있는 것일까, 이 지구 반대편에서.

앞쪽 구석 자리에서 한 중년 여성이 제단을 향해 작은 목소리로 하염없이 무언가를 속삭이고 있다. 끊임없는 속삭임. 억양이 거의 없는 노래 같다. '산타 마리아'라는 말을 몇 번이고 되뇌고 있다. 아름답고 진지한 그 목소리는 나에게도 "슬픔은 폭포수처럼 계속 흐르게 놔두면 돼요. 그렇게 해서 흘려보내면 되는 거예요" 라고 말해준다. 어설픈 설교처럼 억지스럽지 않게, 그저 가만히 내 등을 어루만져주는 것만 같다.

눈물이 나를 위해, 그리고 다른 누군가를 위해 흐르기 시작한다. 수많은 사람들의 얼굴이 떠올랐다가 사라져간다. 이번 아르헨티나 여행에서 만난 사람들. 군사 정권 시절에 고문당한 피해자들. 그들을 구원하기 위해 온 힘을 다해 애쓰는 정신과 의사들. 행방불명된 채 얼굴 사진만 남은 젊은 정치범들. '5월 광장'에서 시위 운동을 계속하는 그들의 어머니들. 그리고 일본에서 내가 진료해온 폭력 피해자들, 그들의 가족, 친구, 동료들. 지구 반대편에서 나를 기다려주고 있는 사람들.

마음이 하염없이 떨린다. 너무나도 일찍 떠나가버린 사람들. 생을 얻지 못한 사람들. 당연히 있어야만 했던 가능성. 절대 일어나지 않았어야 할 재해. 억눌러야 하는 정열. 얽히고설킨 인연. 다가올 상실. 그럼에도 불구하고, 이 넓은 세상 안에서, 열심히 살아가려는 사람들.

이윽고 모든 것이 씻겨 흘러가고, 꿈에서 깼을 때처럼 나는 눈을 뜨고 주변을 둘러본다. 어느새 그 여자의 속삭임은 사라지고, 저녁 어스름이 성당 안으로 밀려온다.

성당을 나가니 청년은 이제 없다. 조금 걸으니 작은 인형을 파는 가게가 있다. 고블린처럼 애교와 지혜가 담긴 얼굴. 가슴에는 수정 구슬과 책을 껴안고 있다. 기념품으로 그 인형을 몇 개 산다. 역으로 가서 전철을 탄다. 부에노스아이레스행. 여행은 끝을 향하고 있다.

물속

여름은 물의 계절이고, 물속은 전혀 다른 시간이 흐르는 고요한 별세계였다.

—— 스가 게이지로 《호놀룰루, 브라질》

가나자와에 있는 21세기 미술관에 '레안드로의 풀(Leandro's pool)'이라는 것이 있다.

가장자리에는 은색의 사다리도 마련되어 있어 얼핏 평범한 풀장처럼 보이지만, 풀 안을 이따금 사람들이 걸어다니고 있다. 투명감이 감도는 하얀 미술관 건물로 들어가 6번 방에서 계단을 따라 지하로 내려간다. 좁은 통로를 빠져나가면 바로 눈앞에 풀 아래의 지하 공간이 활짝 펼쳐져 있다. 그야말로 공간이다. 마치 겨울에 물이 빠지고 텅 비어버린 풀처럼, 바닥도 사방의 벽도 온통 파란색으로 둘러싸인 공간.

머리 위에 아크릴 유리가 깔려 있고, 그 위에 10센티미터쯤 되는 깊이로 물이 채워져 있다고 한다. 듣고 보면 간단한 구조다. 하지만 정말로 풀 안에서 숨을 참으며 수면 위를 올려다보고 있는 듯한 느낌이 든다.

미술관에 갔을 때는 한겨울의 어느 화창한 오후였다. 하늘거리는 물결 너머로 깨끗한 하늘이 펼쳐져 있고, 파란색 벽에는 햇빛이 아지랑이 같은 연노란색 무늬를 비스듬히 비추고 있다. 밖에서 풀 안을 내려다보고 있는 사람의 모습이 이따금 보인다. 저쪽에서도 분명 내 모습이 잔잔한 물결 너머로 보일 것이다.

초등학생 때 수영장에서 풍기던 표백제 냄새, 수영하다가 지쳐 뙤약볕 아래를 친구와 걸으며 씹어 먹던 라면 과자의 짭짤한 맛이 되살아난다. 나는 풀장 한쪽 구석에 쪼그리고 앉아, 가끔 벽에 등을 기대기도 하면서 머리 위의 수면을 질리지도 않고 바라본다.

가끔 누군가가 들어와서 환성을 지르기도 하지만 금세 나가버린다. 내가 그렇게 앉아 있으니, 나중에 들어온 사람들도 하나둘씩 바닥에 앉아서 한가로이 수면을 바라보기 시작했다.

비 오는 날은 어떨까? 눈 내리는 날은 어떨까? 밤은 어떨까? 그 어떤 추상화보다도 아름다운 세계가 수면의 이편과 저편에 펼쳐지겠지.

위에서 풀 가장자리에 앉아 있는 어린아이가 물속에 손을 넣어 아크릴 유리를 만지고 있다. 물결의 무늬가 불규칙하게 흔들리며 퍼져간다. 그 속에 호기심으로 가득한 아이의 얼굴이 클로즈업된다. 물속에 손을 넣는 건 금지되어 있지만, 미술관 직원도 아이에게는 엄하게 대하지 않는 모양이다. 문득 정신을 차리고 보니, 그 아이가 어느새 지하실로 내려와 있다. 아장아장 넘어질 듯이 걷는 아이를 붙잡으며 아이의 할머니인 듯한 사람이 "위에서 쭉 보고 있었어요" 하고 생글생글 웃으며 내게 말을 건다. 그리고 나는 그들의 가족사진을 찍어준다.

그러고 보니, 스쿠버 다이빙을 하면서 가장 좋았던 것도 이따금 수면을 올려다볼 때의 느낌이었다. 물결이 일렁이며 머리 위의 온 세상으로 빛살이 퍼져가는 것만 같았다. 상상을 초월하는 산호의 생김새에 놀라기보다, 형형색색의 물고기들에게 둘러싸이는 것보다, 나 자신의 숨소리밖에 들리지 않는 무음의 세계에서, 쏟아져 내리는 빛 속에 간신히 몸짓을 멈추고, 빛이 다가오는 쪽을 바라본다. 그리고 인어처럼, 공기와 파도 소리와 빛으로 가득한 바깥 세계를 상상한다. 물거품으로 변해 올라가는 나의 숨과, 투명한 작은 물고기 떼가 이따금 그 사이로 섞여 든다.

그래, 그때도 그랬지. 조금 창피한 이야기이지만, 나는 다이빙을 하다가 목숨을 잃을 뻔한 적이 있다. 바다의 물살이 꽤 거친 곳에서 몇 명씩 그룹을 지어 잠수하던 중, 너무 지쳤던지 호흡이 가빠졌다. 그때, 갑자기 뭔가가 목구멍에 걸려 목이 멘 듯한 느낌이 들면서 숨쉬기가 힘들어졌다. 그렇게 얼마나 시간이 흘렀을까. 몇십 초였을까, 아니 겨우 몇 초였는지도 모른다. 나는 마우스피스를 입에서 빼버렸다. 그리고 심호흡을 하고 반짝이는 수면을 향해 올라가려고 했다. 작은 물거품과 그림자가 춤을 추는 빛의 물속에서.

그때, 나는 분명 환희를 느꼈다. 환희라는 말이 과장이라면 해방감이라고 해도 좋다. 20년도 더 전의 일이니까 기억이 각색되었는지도 모른다.

그 후 나는 배 위로 끌어올려지고 잠시 의식을 잃은 채 잘생긴 강사에게 인공호흡을 받았다고, 동행한 친구가 말해주었다. 같이 있던 사람들에게는 참으로 미안한 일이다. 그리고 그때 정말로 목숨을 잃었다면 부모님은 얼마나 슬퍼했을까. 대학을 졸업하고 이제 막 인생을 꽃피우려 할 때였으니까.

하지만 나는 그때, 분명 행복을 느꼈다. 이런 표현은 왠지 해서는 안 될 것 같은 기분이 들어, 지금까지 거의 아무에게도 말한 적은 없지만. 죽고 싶었다는 말이 아니다. 눈앞에 보였던 것, 내가 향하고 있던 것은 죽음이 아니었다. 그저 일렁이는 물의 그림자와 반짝이는 빛, 그리고 한없이 펼쳐진, 공기와 파도 소리와 희망으로 가득한 공간이었다.

마음속의 바다

영화 《씨 인사이드》(알레한드로 아메나바르 감독, 2004년)를 보았다. 스페인에서 있었던 실화를 바탕으로 한 영화로, 스페인어 원제는 《Mar Adentro》로 영어 제목과 마찬가지로 '마음속의 바다'라는 뜻이다.

일본에서는 《바다를 나는 꿈》이라는 제목으로 개봉되었는데, 사람들의 관심을 끌기에는 더 나아 보이기도 하고 영화 내용과도 잘 어울리는 것 같다. 스물다섯 살, 반짝반짝 빛나는 생명으로 가득한 주인공 라몬이 썰물이 빠져나가는 바닷속으로 빨려 들어갈 듯이 뛰어드는 장면. 그리고 경추가 손상되어 긴 세월을 불구로 살아가는 라몬이 자신의 방 창에서 바다를 향해 날아가, 바닷가를 걷고 있는 사랑하는 줄리아를 끌어안으며 뜨거운 키스를 나누는 상상 속의 장면. 두 장면 모두 바다를 날고 싶어

하는 라몬의 심정이 숨 막힐 듯이 아름답게 그려진다.

하지만 나는 왠지 원래 제목인 '마음속의 바다'라는 말이 내내 마음에 남는다. 영상이 선명히 보여주는 것과는 다른 무언가를, 그 '바다'가 의미하고 있는 게 아닌가 싶어서.

잠깐 줄거리를 살펴보자. 목 아래로 불수가 되어버린 라몬에게는 헌신적으로 그를 돌봐주는 형과 형수, 조카, 그리고 아버지가 있다. 그러나 26년 동안 침대에 누운 채로 살아온 그는 끝내 존엄사를 희망하게 되고, 인권 지원 단체에서 일하는 여성 제네를 통해 줄리아라는 변호사를 소개받는다. 존엄사가 합법화될 수 있도록 재판을 준비하는 동안, 라몬과 줄리아는 서로에게 깊이 끌리기 시작한다. 하지만 라몬의 결심은 변하지 않는다. 오히려 그는 자신과 줄리아 사이에 놓인 겨우 1미터의 거리조차 자신에게는 무한히 멀다는 것, 그리고 줄리아를 안을 수 없다는 것에 절망하며 존엄사에 대한 생각을 굳혀간다. 그런 와중에 역시 지병을 앓고 있는 줄리아는 라몬의 책이 출간되면 그의 죽음을 도운 뒤 자신도 목숨을 끊으려고 마음먹지만, 심장발작으로 쓰러지고 결국 그녀의 바람은 이루어지지 않는다. 존엄사는 법정에서 받아들여지지 않고, 결국 라몬은 마을 주민인 로사라는 여성의 도움을 받아

죽음을 맞이한다.

몇몇 인상에 남는 장면이 있었다.

하나는 라몬이 왜 자신은 죽고 싶어 하는지, 몸을 움직일 수는 없다고 해도 애정으로 가득한 생활에 어째서 만족하지 못하는지, 왜 계속 살고 싶다는 생각을 할 수 없는지 한탄하는 장면이다. 라몬의 마음이 흔들리는 유일한 장면이다.

스토리의 핵심은 아마도 거기에 있을 것이다. 나와 똑같은 삶이라고 해도, 다른 누군가에게는 견딜 수 있는 것인지도 모른다. 다른 누군가는 거기서 삶의 의미를 찾을 수 있을지도 모른다. 그렇지만 나는 그럴 수가 없다. 그것은 스스로 바꾸려 해도 바꿀 수 있는 것이 아니다. 그런 나 자신을 받아들이지 않으면 자신의 삶을 산다고 할 수 없다. 라몬은 그렇게 생각한 것이다.

또 하나는, 라몬을 정성껏 보살펴온 형이 라몬에게 "우리는 노예처럼 살았어!" 하고 쏘아붙이는 장면이다. 지금까지 쌓인 울분을 한꺼번에 쏟아내기라도 하듯이 눈물을 흘리며 소리친다. 바다의 남자였던 형은 라몬을 간호하기 위해 바다를 포기하고 농사를 지으며 살 수밖에 없었던 한스러움을 쏟아낸 것이다.

그 마음도 나는 잘 알고 있다. 환자나 병자, 피해자나 약자가 갖게 되는 일종의 뒤바뀌어버린 '권력'. 주변 사람들이 그들에게 휘둘리는 듯한 느낌. 자신들의 인생이 그들에 의해 변해버리는 것.

서로가 감정을 드러내고 속마음을 쏟아내는 순간. 하지만 생각을 쏟아내고 감정이 흐트러질 수 있을 정도로, 사실은 서로를 신뢰하고 사랑하고 있다는 것도 잘 알 수 있다. '살아만 있어줘'라고 가족들이 생각한다는 것을 너무나 잘 알기 때문에, '죽고 싶어'라고 마음속으로 말할 수 있다. 살아만 있어 달라고, 상대가 진심으로 그렇게 생각하기 때문에야말로, 죽고 싶다고 바라는 것의 권력성을 정면에서 지적할 수 있는 것이다.

간호하고 보살펴주는 사람과 그 행위를 받는 사람의 관계, 사랑하는 사람과 사랑받는 사람의 관계를 조심스럽게 그리면서, 영화는 또 다른 문제에 대해 깊이 있는 물음을 던지려고 한다. 그것은 마음과 몸의 관계, 성애와 살아가는 것의 관계다.

라몬에게 바다는 자신의 몸 그 자체이다. 감각과 운동의 활력소이고 에로스적 생명의 약동이며, 성적 욕망까지도 품은 상상과 체감의 교차이자 삶의 에너지였다. 나는 그렇게 생각한다. 바닷가 마을에서 태어나 바다와 함께 자랐고, 열아홉 살부터 외국 선박의 선원이 되어 여러 여성과 만나며 온 세계의 나라들을 여행한 라몬의 삶의 역사이기도 했다.

밀려오는 파도의 리듬과 심장의 고동 소리. 바위에 부딪히는 거친 파도, 피가 끓고 힘이 넘쳐흐르는 흥분. 생명의 꿈틀거림. 존엄사를 원하는 라몬의 마음을 돌리기 위해 등장한 경추 손상자가 성직자였던 것은 아마도 우연은 아니었을 것이다. 마음속의 바다를 느끼는 것의 소중함을 부정하는 사람이 라몬의 마음을 이해할 수는 없다.

이 영화에는 로사라는 흥미로운 여성이 나온다. 남편과 헤어지고 싱글맘으로 공장에서 일하며 두 아이를 키우느라 늘 삶에 지쳐 있지만, 라디오 디제이 일을 하며 넘치는 생명력으로 사람들에게 이야기를 전하는 힘을 지닌 여성이다. 그녀는 존엄사를 원하는 라몬을 TV에서 보고 흥미를 느껴 그를 만나러 간다. 자신의 외로움과 공허함을 채우기 위해서이긴 하지만, 라몬에게 다가가는 모습이 솔직하고 시원시원하다. 라몬을 보살펴주는 형수 마누엘라가 껄끄러워하는데도 불구하고 로사는 자신의 감정에 솔직하게 행동한다. 죽고 싶다고 말하는 라몬에게 "살아 있어줘요" 하고 자기중심적으로 맞받아치기도 한다. 하지만 결국 로사는 마음을 돌린다. 라몬을 사랑하기 때문에, 그가 바라는 것을 이루어주고 싶다며 자살을 돕기로 한다. 로사를 사랑하지는 않지만, 라몬은 분명 그녀에게 깊은 감사와 경의를 느꼈을 것이다.

나는 왠지 모르게 이 로사라는 여성에게 강하게 끌렸다. 로사 역을 맡은 배우가 가진 매력 때문인지도 모르겠지만, 무엇보다 큰 이유는 나라면 절대 할 수 없을 것 같은 행동을 로사가 했기 때문이 아닐까.

"당신을 사랑하니까 당신이 죽고 싶다면 돕겠어요" 라는 단순한 결심. 사랑이 무엇인지는 모르겠다. 로사는 결국 라몬이 시키는 대로 했을 뿐이고, 그렇게 해서 라몬에게 인정받으려고 한 것이다, 라고 이해할 수도 있을 것이다. 그러나 라몬을 소중히 생각하기 때문에, 라몬이 바라는 것을 말 그대로 믿고, 그 이상의 해석은 덧붙이지 않고, 그저 그의 바람에 따르겠다는 일종의 '판단 중지'를 그녀는 미련 없이 겸허하게 선택한 것이다.

정신과 의사인 나는 직업상 "죽고 싶다"라고 말하는 환자를 종종 마주해야 할 때가 있다. 또 직업상 거의 예외 없이 "죽으면 안 돼요"라는 말을 전하려고 하고, 삶에 대한 희망을 찾을 수 있는 방향으로 그들을 이끌어주려고 한다.

꽤 오래전 일이지만, "살아 있는 게 괴로워요"라고 호소

하며 끊임없이 자살을 강하게 원하는 환자가 있었다. 그녀는 어린 시절 학대를 받고, 그 후로도 자존감을 갖지 못해 온갖 상처와 좌절을 겪으며 과거의 외상 기억에 끊임없이 괴로워했다. 언젠가 그 환자가 "선생님이 하는 말은 매일매일 뱀한테 물리면서도 계속 살아 있으라는 것과 똑같아요. 왜 죽으면 안 된다는 거죠? 제가 바라는 건 안락사 같은 거라고요" 하고 하소연한 적이 있다.

나는 정신과 의사가 쓰는 상투적인 말밖에 갖고 있지 않았다. 그래도 살아 있으면 괴로움에서 벗어날 수 있는 날이 올 거예요. 당신이 죽으면 슬퍼할 사람이 있어요. 나도 당신이 살아 있기를 원해요.

정신과 의사들이 쓴 책이나 임상 교과서에는 자살을 막기 위한 온갖 문구들이 실려 있다. 최근에 읽은 책 중에서는 야스나가 히로시가 "자살은 주변 사람들의 자살에 대한 역치*를 낮춘다. 그래서 모방 자살을 불러일으키기 쉽다" 라고 한 말이 흥미로웠다. 그는 자살을 멈추게 하기 위한 강력한 수단으로 이 말을 환자에게 들려줄 때가 있다고 한다.

하지만 그 환자에게는 어떠한 말도 일시적 위안일 뿐이었다. 마음의 상처나 아픔은 눈에 보이지 않는다. 견디기 힘든 고통으로 끊임없이 괴로워하는데도 그 고통이 사라

* 인간의 감각기관이 감지할 수 있는 최소 한도의 자극량.

질 가능성이 보이지 않는다면, 안락사를 바란다고 해서 결코 이상한 것이 아니다.

그저 죽지 말라는 말만으로 그 자리를 얼렁뚱땅 넘겨버리려는 나 자신에게, 또 끊임없이 자살을 막다 보면 언젠가는 삶의 희망을 되찾게 할 수 있을 거라고 생각하면서도, 그것이 삶을 포기하고 살아간다는 것과 종이 한 장 차이밖에 나지 않는다는 것을 알고 있는 나 자신에게 환멸을 느낀다. 그렇기 때문에 나는 로사의 '판단 중지'와 미련 없음과 겸허함이 부러운 것이다. '남의 일이기 때문에 더더욱 나의 판단을 중지시키는' 로사의 행위는 '남의 일이기 때문에 계속 얼버무리는' 나의 행위와는 가장 동떨어진 것이기 때문에.

사람이 저마다 자신이 바다를 느낀다는 것의 소중함, 로사는 그것을 깊이 이해하고 있다는 생각이 들었다. '타자를 사랑한다'라는 것은 나와는 다른 존재, 내가 이해할 수 없는 사람, 내가 받아들일 수 없는 것을 가진 존재를, 내가 이해할 수 없고, 내가 받아들일 수 없기 때문에 오히려 더 존중한다는 것이다. 그러나 그것은 또한 '타자에게서 사랑받지 못하는 것'을 받아들인다는 것이고, 상대방의 선택이 죽음일 때는 '타자로서의 연결'마저도 그 타자와의 사이에서 끊겨버리게 되는 것이다.

비록 라몬과 똑같은 바다를 헤엄칠 수 없다 해도, 바다의 물결을 함께 즐길 수 없다 해도, 로사는 그것을 받아들인다. 그것이 라몬이 자신의 바다를 되찾을 수 있는 유일한 방법이라는 것을 로사는 알고 있다. 그리고 라몬 역시 로사에게는 로사만의 바다가 그녀 앞에서 기다리고 있다는 것을 분명히 알고 있다.

영화에는 라몬을 이해해주는 또 한 사람, 인권 지원 단체에서 온 제네라는 여성이 있다. 그녀는 라몬을 지원하는 활동을 통해 알게 된 한 남자와 열렬한 사랑을 나누고 임신하여 아기를 낳는다. 이것은 라몬의 죽음과 대비시키기 위해서라기보다는 제네 역시 자신의 바다를 소중히 여기는 한 인간이라는 것, 그리고 그것을 긍정하고 있음을 똑똑히 보여주고 있는 것 같다. 영화는 제네가 남편과 아이와 함께 셋이서 바닷가에서 장난을 치며 산책하는 장면으로 끝이 난다.

그 마지막 장면은 나를 또 다른 장소로 이끈다. 내 아이들이 기다리고 있는 유아원이다. 진료실에서 조금 전의 그 말을 환자에게서 들었을 때, 나는 마치 끝없는 암흑 속으로 빨려 들어가는 듯한 느낌이었다. 하지만 시간이 되면 나는 의사 가운을 벗고 나만의 일상으로 돌아가야 한다. 병원 문을 나서 차로 이동하는 곳은 아이들을 맡기고 있는 유아원이다.

문을 열면 에너지가 넘치는 아이들이 나를 향해 달려온다. 또 다른 세상. 원래의 내가 속한 세상으로 되돌아가기가 힘든 나는 아이들을 잠시 놀이터에서 놀게 하고, 저물어가는 하늘을 올려다보며 심호흡을 되풀이한다. 환자의 고통을 내버려두고 온 자책감을 억누른 채 나 자신의 바다를 되찾으려 하는 나에게, 라몬과 로사, 그리고 제네가 미소를 짓는 것 같다.

아와모리 소주병

오르락내리락 한참을 날아다니더니
그러다가
찾아왔을 때처럼 훌쩍 사라져갔다.
나비

— 니시모토 나오코 〈작은 새〉

오키나와 섬 남쪽에 위치하고 있는 자마미 섬에는 오후 페리로 도착했다. 3월은 관광 시즌이 아니라서 그런지 여행객도 드문드문했다. 섬 안에는 자마미, 아사, 아마, 이렇게 세 개의 마을이 있을 뿐이다. 항구의 관광 안내소에서 섬 지도를 받고 200엔에 짐을 맡긴 후, 가벼워진 몸으로 일단 항구 근처의 자마미 마을을 한 바퀴 둘러본다.

이 섬은 전쟁 때 미군이 상륙해 많은 사람이 목숨을 잃은 곳인데, 그때 주민들이 '집단 자결'한 섬으로도 알려져 있다. '집단 자결'에는 나도 관심이 많기는 했지만, 가족들이 서로 상처받게 되는 민감한 주제이다. 게다가 마침 그 무렵은 일본군 대장이 주민들에게 '집단 자결'을 명령했는지 아닌지에 대해 논쟁이 벌어지고 있을 때이기도 해서 정식 조사나 인터뷰를 할 마음은 없었다. 다만 그곳에 가면 무언가 느껴지는 게 있을지도 모르겠다는 생각에 발걸음을 향하기는 했지만, 사실은 학창 시절 여름에 무전여행을 하면서 처음으로 바닷속에 잠수해 물고기와 장난치며 놀던 기억이 그립기도 해서였다.

자마미는 관공서와 학교가 있고 섬에서 가장 큰 마을인데도 10분만 걸으면 원래 장소로 되돌아온다. 이렇게 한정된 공간, 밀집된 공동체 안에서 '집단 자결'이 벌어진 것이다. 겉으로는 지루하다 싶을 정도로 평온해 보이는 집집마다 가시와도 같은 기억이 숨죽인 채 언제까지고 머물러 있다. 나는 갑자기 숨을 쉬기가 괴로워졌다. 어디서 누군가가 몰래 나를 지켜보고 있는 것만 같아, 그곳에 오래 머물러 있으면 안 될 것 같은 기분이 들었다.

걸어서 15분쯤 걸린다는 후루자마미 해변까지 가보기로 했다. 항구 바로 뒤쪽이었지만, 바닷가 쪽에는 길이 없어 산길을 빙 둘러 가야 한다. 사람은 없고, 모래는 하얗고, 바다는 투명하다. 묵을 곳을 정해두지 않고 온 것이 마음에 걸렸지만, 결국 그 모래사장에서 잠시 느긋하게 보내기로 했다.

아침부터 비가 내려 섬으로 들어올 때는 무거운 하늘이 낮게 내려와 있었지만, 오후가 되니 구름 사이로 푸른 하늘이 비치고 바다의 파란 빛깔도 산뜻해졌다. 헤엄을 치기에는 너무 일러 발만 담근 채 파도가 밀려오는 물가를 걸었다. 도중에 앞바다에 정박해 있는 작은 배에서 다이빙 강습을 하고 있는 강사의 목소리가 들려왔지만, 그것도 이내 사라졌다.

잿빛 구름의 움직임이 빨라졌다. 또 한 차례 비가 내릴 모양이다. 섬 지도를 보면서 어디서 묵을지 생각했다. 바닷가 근처의 아사 마을에 있는 여관은 공사 중이라는 말을 들었다. 그래서 아마 마을 쪽으로 눈을 돌려 바다와 제일 가까운 여관을 골라, 지도 뒷면의 리스트와 함께 실린 번호로 전화를 걸었다.

방이 있냐고 물으니 있다고 한다. 방에서 바다가 보이냐고 물으니 보이지 않는다고 한다. 그거야 어쩔 수 없다고 생각해, 가격이 얼마인지 저녁 식사는 가능한지 물어보고, 후루자마미에 있으니 데리러 와줄 수 있으면 고맙겠다고 전했다. 말수가 적고 그다지 장사꾼다운 데가 없는 듯한 반응이었는데, 와줄 수 있다고 하기에 전화를 끊고 책을 읽으며 기다렸다. 비가 내리기 시작했는데 30분이 지나도 오지 않는다. 전화를 하니 아무도 받지 않는다. 이쪽으로 오고 있는 중일까. 비는 점점 거세져, 우산이 있었지만 어깨 아래로는 흠뻑 젖어버렸다.

겨우 전화 연결이 되었다. 자동차 배터리가 방전되어 오토바이를 빌려 거기까지 갔었는데 찾지 못했다고 한다. 다른 데서 차를 빌려 다시 오겠다고 해서 또 15분쯤 빗속에서 기다렸다. 빌린 차도 상태가 그리 좋지 않은 모양인지 부릉부릉 엔진 소리를 내며 언덕길을 오르락내리락했다. 항구에 맡겼던 짐을 찾아 여관에 도착했다. 손님은 나 혼자뿐인 것 같았는데, 바다가 아주 살짝 보이는 남쪽 끝방을 받았다. 흠뻑 젖은 옷을 벗고 따뜻한 물로 샤워를 한 다음 산책을 나갔다. 비는 우산이 필요 없을 정도의 가랑비로 변해 있었다.

원래 어느 지역을 조사할 때는 그곳을 방문하기 전에 자료를 꼼꼼히 살펴봐야 하지만, 여간해서는 그런 마음이 들지 않을 때가 있다. 전쟁으로 인한 트라우마 같은 무거운 주제라면 더더욱 그렇다. 페리 안에서 읽을까도 생각했지만, 궂은 날씨에 활자를 쳐다보는 것만으로도 뱃멀미를 할 것 같았다.

아마 마을에 대해서는, 미군이 상륙한 후 한동안 포로가 된 주민들이 모여 살던 장소였다는 것 정도밖에 알지 못했다. 지금은 이삼십 가구 정도밖에 안 되는 작은 마을에 수백 명쯤 되는 주민들이 살고 있다. 다만 자마미 마을만큼 집들이 빽빽하게 모여 있지는 않아서 면적은 별 차이가 없을지도 모르겠다.

포장된 길이 거의 마을 전체를 감싸고 있는 것 같다. 길에서 조금 안쪽으로 들어가니 오래된 우물이 있다. 수풀로 뒤덮여 있는데 지금도 물이 가득하다. 살짝 들여다보는데 무서워져서 바로 나왔다. 조금 전의 길로 되돌아가, 산 쪽으로 펼쳐진 밭을 바라보며 또 걷기 시작했다. 밭에는 소가 있었고, 산양도 있었다.

그때였다. 갑자기 아와모리 소주병이 떨어지며 깨진 것이다. 순간, 무슨 일이 일어난 건지 알 수가 없었다. 마을 변두리의 길모퉁이. 투명한 액체가 아스팔트 위로 상처를 가르는 듯한 무늬를 그리면서 흘러간다. 내가 방금 전에 산 구메센 소주병. 420엔.

혼자 있으면 밤에 잠이 오지 않을 것 같아 조금 전 지나온 이토미네 상점에서 산 것이다. 캔에 든 탄산주를 사려다가 병에 든 구메센 소주로 바꾼 것은, 기왕이면 이 지역에서 나는 술을 마셔볼까 하는 생각에서였다. 자마미섬에서 만든 아와모리 소주가 있다는 것은 몰랐다. 흰색

비닐봉지에 넣어주길래 손에 들고 마을을 걷고 있는데, 느닷없이 비닐 밑바닥이 찢어진 것이다.

딱히 비닐봉지를 흔들며 걷지도 않았다. 얇은 싸구려 비닐이어서 그랬을까. 조그만 가게여서 큰 슈퍼마켓처럼 상점명이나 로고가 찍혀 있지도 않았다. 돌아가는 길에 들러서 새것으로 바꿔달라고 할까? 그런 생각을 하면서 깨진 유리 조각을 주워 담았다.

마을 변두리의 집들을 끼고 있는 오솔길에 마음이 이끌렸다. 초록이 더한층 짙어져 마치 빨려 들어가듯 계속 걸어가보니 또 작은 길이 하나 나 있다. 커다란 소라게가 길 한복판에서 이쪽의 기색을 살피며 문지기처럼 가만히 멈춰 있다. 안쪽으로 걸어가니, 이번엔 검은 호랑나비 두 마리가 서로 장난을 치듯 날아다니고 있다. 길 양옆으로 초록색 나무들이 터널처럼 하늘을 뒤덮고 있어 어둑어둑하다. 뱀이라도 나오면 큰일이겠다 싶으면서도 더 안쪽으로 들어가본다.

길 막다른 곳에는 조상신에게 제를 올리는 작은 사당이 있다. 사당 옆에도 소라게가 있어, 신사를 지키는 사자상이나 여우상처럼 그 공간을 지키고 있다. 초록색 터널처럼 우거진 나뭇가지 사이로 사당의 한가운데를 향해 가느다랗게 쏟아지는 햇살이 마치 이곳은 성스러운 공간이라고 말해주는 것만 같다. 나는 유리 조각을 주워 담은 비닐봉지를 땅바닥에 내려놓고 눈을 감은 채 잠시 합장했다. 무엇을 위해, 누구를 위해 기도를 올리고 있는지는 몰랐지만, 그냥 그 공간을 위해 기도했다. 그러고 나서 소라게에게 마음속으로 작별 인사를 하고, 아직도 노닐고 있는 호랑나비를 곁눈으로 보며 오솔길로 되돌아갔다. 그리고 그대로 바닷가까지 걸어가 저녁 식사 시간이 될 때까지 파도를 바라보며 시간을 보냈다.

결국 가져간 자료를 읽은 건 이튿날이었다. 아마 마을은 미군 점령 후에 포로 거주지가 되었을 뿐만 아니라, 미군 상륙 전에는 일본군이 위안소를 설치한 장소였다고도 한다. 마을 변두리에 있는 큰 붉은 기와집 두 채가 군에 접수되었는데, 조선에서 온 여성이 일곱 명 있었다고 한다.

나중에 도쿄에 돌아와, 조선에서 오키나와로 끌려온 종군 위안부에 관해 쓴《붉은 기와집》(가와타 후미코, 1987년)이라는 책을 읽었다. 섬으로 떠나기 전에 읽으려고 주문했지만 품절이어서 읽지 못했는데, 아이와 동네 도서관에 갔다가 발견한 것이다.

책을 읽다가 깜짝 놀랐다. 소름이 살짝 돋았다. 위안소로 쓰였던 기와집 민가 두 채가 있던 곳이 바로 그 사당 옆이었던 것이다. 지금 사당이 있는 곳에는 단팥죽 가게를 열었다고 한다. 병사들을 위안소로 불러들이고, 위장하기 위한 목적이었다고 한다. 산길을 빙 돌며 들어가다가 아와모리 술병이 깨진 곳이 사당 바로 뒤쪽이었던 것이다. 그 아와모리 술은 오래전 일본 병사들이 줄지어 서 있던 바로 그 자리에 쏟아졌고, 오래전 분명히 그 여성들이 있었던 바로 그 자리로 스며들어간 것이다.

나하에 살고 있는 한 여성에게 이 이야기를 했더니, "영혼의 부름을 받았네요!" 하고 말했다. "나비는 이승과 저승을 이어주는 생물이거든요" 하고 그녀가 덧붙였다.

아와모리 소주는 나의 기도와 함께 그곳에 바쳐지기 위해 내게로 온 것일까. 아스팔트 위로 퍼지며 흘러가던 아와모리의 희미한 술 냄새를 들이마시며, 한 쌍의 나비는 오래전 그 여인들의 흔적을 되살려내기 위해 화려한 춤을 바쳤던 것일까.

작은 진혼의 의식. 예기치 않은 그 의식을 맡기 위해 나는 아마 마을로 불려 간 것이고, 소라게는 그런 내가 오기를 기다리고 있었던 것일까.

누군가 나를 위해 기도해준다는 것

설령 '수취인 불명' 딱지가 붙어 있다고 해도, 나 자신을 '폐쇄'에서 '기도'로 또다시 열기 위해서는 무엇을 어떻게 할 수 있을까.

——와시다 기요카즈 《기다린다는 것》

몇 년 전, 발리의 중심 도시 덴파사르의 어느 사원에서 누군가가 나를 위해 기도를 해준 적이 있다.

사원 옆에 있는 유명한 박물관에 갔는데, 하필이면 그날이 오후부터 휴관이었다. 티켓 판매소까지 가서 그 사실을 알았을 때는 이미 지인의 차는 떠난 뒤였고, 두 시간 후에나 데리러 올 수 있다고 했다. 어쩐지 사람이 많지 않다 싶었는데, 이미 엎질러진 물이다.

할 일이 없어 따분해하고 있는데, 박물관 가이드 일을 하고 있다는 한 젊은 남자가 용돈이라도 벌 생각이었는지 시내를 안내해주겠다며 나에게 말을 걸어왔다. 발리에서는 흔히 있는 일이다. 한낮의 거리를 돌아다니기에는 너무 더운 날씨라 가이드는 필요 없다고 말하고 나는 천천히 시간을 보낼 수 있을 만한 장소를 찾으러 여기저기 걷기 시작했다. 사원으로 연결되는 길 옆쪽에, 그늘이 지고 바람이 살랑살랑 부는 작은 정자 같은 곳을 발견하고 거기에 앉았다. 남자도 어느새 따라와 있었지만 딱히 귀찮게 굴지는 않아서 그러려니 했다.

주변의 풍경을 바라보는 동안 띄엄띄엄 이야기가 시작되었다. 결혼을 했고, 두 살 난 아이가 있다는 것, 박물관 가이드라고 해도 공무원은 월급이 적어서 생활이 어렵다는 것, 그래서 다들 오후에는 개인적으로 가이드 일을 하거나 다른 일을 하며 생계를 꾸려 간다는 것, 그는 그런 이야기들을 했다. 그러다가 쓸쓸한 표정을 짓더니, 어릴 때 어머니가 집을 나갔고 그 후로 쭉 조부모 집에서 살고 있다는 것, 꼭 한 번 어머니를 보고 싶다는 것까지 털어놓는 바람에 어쩌다 보니 상담을 해주는 것처럼 되어버렸다.

어느덧 이야기가 대충 끝나고 땀도 완전히 식어, 옆에 있는 유명한 사원에 가보기로 했다. 그 사람도 함께 따라오더니 사원에서 참배할 때 두르는 띠를 내게 건네주었다. 내게 말해준 이름을 듣고 알 수 있었는데, 그는 발리 힌두교의 카스트에서 가장 위쪽인 승려 계급 출신이었다. 계급이 높다고 꼭 수입이 많은 건 아니어서, 생활의 풍족함과 계급이 반드시 상관관계에 있는 것은 아니다. 그래도 현지 사람들의 생활을 자세히 살펴보면, 아직도 생활 곳곳에 카스트 제도가 숨 쉬고 있고, 상류 계급 사람은 존중받고 있다는 분위기가 느껴진다. 그 남자도 당연히 의식을 올리는 다양한 방식을 알고 있었다.

그가 사원 중앙에 있는 탑 앞에서, 정식 기도 순서를 하나하나 지켜가며 시간을 들여서 나를 위해 정성껏 기도해주었다.

누군가가 나를 위해 기도해준다는 것이 얼마나 마음을 움직이게 하는 것인지, 나는 그때 처음으로 알았다. 일본에도 신사 참배 같은 비즈니스화된 기도는 많이 있다. 그렇지만 아무 부탁도 하지 않았고, 돈을 지불하지도 않았는데, 순수하게 누군가가 나의 행복을 마음으로부터 기원해준다는 것, 그 사실과 그 시간이 얼마나 '고마운' 것인지, 그리고 나에게 힘을 주는 것인지, 그때 처음으로 깨달은 것이다.

트라우마를 겪은 피해자가 회복하고 자립된 생활을 되찾아갈 때 '역량 강화'가 중요하다는 것은 잘 알려져 있다. '역량 강화'란 트라우마를 겪은 사람이 자신이 본래 가지고 있는 힘을 스스로 떠올리고 발휘하는 것으로, 다른 누군가가 밖에서 힘을 주는 것이 아니다. 하지만 잊고 있던 자신의 힘을 떠올리고 다시 한번 자기 자신을 믿기 위해서는, 주변 사람들과의 유대가 반드시 필요하다.

특히 내가 자주 접하는 가정 내 폭력의 피해자는 가장 깊은 관계를 맺고 있는 타자에게서 폭력과 위협을 겪으며 오랫동안 자신의 가치와 능력을 무시당해온 사람들이다. 그들이 그 심리적 제어의 올가미와 오랫동안 시달려온 고독의 어둠에서 벗어나기 위해서는, 자신의 행복을 빌어주는 '누군가'가 꼭 필요하다.

가정 내 폭력 피해자는 배우자와 떨어져 있다고 해서, 폭력에서 도망칠 수 있다고 해서 행복해질 수 있는 것이 아니다. 피해자의 자립이란 커다란 상실의 과정이기도 하다. 지금까지 누려온 생활, 타인과의 유대, 따뜻한 가정을 이룰 수 있다는 꿈, 아이들의 교육, 노후의 인생 설계, 사랑과 친밀성을 키워갈 자신감, 세상은 안전하다는 기본적인 신뢰감, 이 모든 것들이 모조리 다 빼앗겨버리는 것이다.

그 모든 상실을 인정하고 받아들이는 것은 새로운 생활로 나아가기 위해 꼭 필요하지만 결코 쉬운 일이 아니다. 하지만 마음으로부터 자신의 행복을 빌어주는 '누군가'가 있다면, 피해자는 나도 행복해지고 싶다고 바라는 용기, 나도 행복해질 수 있다는 희망을 되찾을 수 있다.

나는 트라우마를 겪은 피해자의 회복을 도울 때면, 발리에서 겪었던 그 신비로운 한낮의 시간을 가끔 떠올린다. 그리고 그때의 그 기도가 이제는 나를 통해 내 앞에 앉아 있는 피해자에게로 전해지기를 바란다. '행복해지세요' 하고. 그때의 그 강렬한 햇살, 눈을 감고 기도를 올리는 그의 옆얼굴에 떠오른 온화함, 그리고 희미한 바람을 타고 들려오던 새소리를 바로 내 곁에서 느끼며.

예언 · 약속 · 꿈

혼자 꾸는 꿈은 그저 꿈이지만, 함께 꾸는 꿈은 현실이 된다.

── 오노 요코

"이제는 꼭 행복해질 수 있어요."

"행복해지는 걸 제가 지켜보고 있을게요."

다양한 트라우마를 겪은 사람들을 임상 현장에서 접하는 일이 늘어나면서, 나는 이런 말을 일부러 입 밖에 꺼내서 할 때가 많아졌다.

그저 행복해지기를 기도하는 것만은 아니다. 그토록 힘든 일을 겪고도 힘을 내어 여기까지 왔기에, 행복해져야 한다고, 행복해져도 된다고, 마음을 담아 전하는 것이다.

내 눈앞에 있는 이 사람이 행복해질 능력이 있다고, 진심으로 믿고 있기도 하다.

물론 나는 미래를 꿰뚫어 볼 수는 없다. 이 사람이 정말로 행복해질 수 있을지 어떨지, 나는 알 수 없다. '하느님이 잘 지켜봐주지 않는다면 불공평해요' 라고 생각은 하지만, 정말로 하느님이 있는지 없는지도 알 수 없고, 설령 있다고 해도 어쩐지 하느님은 그다지 공평하지 않을 것 같기도 하고, 잘 지켜봐줄지 어떨지도 왠지 확신이 들지 않는다.

그럼에도 불구하고, "당신은 반드시 행복해질 수 있어요" 라는 예언의 말, "당신이 행복해지는 걸 제가 지켜보고 있을게요" 라는 약속의 말이 구명 로프가 되어줄 수 있다고 믿는다.

나는 가끔 생각한다. 어쩌면 구명 로프나 가드레일 같은 것의 진짜 역할은 실제로 추락했거나 추락할 것 같은 사람을 끌어올리거나 사고를 방지하는 것이 아닐 거라고. 물론 그런 역할을 해낼 수 있도록 강도를 계산하고 재질과 형태를 결정해서 만들어졌을 것이라고는 생각한다. 하지만 구명 로프나 가드레일이 실제로 물리적인 효력을 발휘할 기회는 그리 많지 않다. 다만 그곳에 그런 것이 마련되어 있기 때문에 우리는 괜찮다고 안심하며 평상심을 유지할 수 있고, 본래의 힘을 발휘하며 일을 해낼 수 있다. 대개는 그렇게 할 수 있도록 도움을 주는 것이다.

암벽등반에서 깎아지른 절벽을 올라갈 때, 구불구불 좁은 산길에서 마주 오는 차를 비껴갈 때, 서커스에서 관중들 머리 위 한참 높은 곳에서 공중그네를 바꿔 탈 때. 그럴 때 구명 로프와 가드레일과 안전 네트가 있기 때문에 과감하게 도전할 수 있고, 달릴 수 있고, 뛰어오를 수 있는 것이다.

'예언'이나 '약속'에도 그런 역할이 있는 것 같다. 최종적으로 그 예언이 맞아떨어진다거나 약속이 지켜진다는 보장은 없다. 그렇지만 지금, 진심으로 그렇게 생각하기 때문에, 그렇게 바라기 때문에, 그렇게 믿기 때문에, 말로써 서로 공유하는 것이다. 미래를 향해 말을 던진다. 자신은 늘 불행의 늪에 빠질 거라고 믿고 있는 사람에게, 비록 그것으로는 부족할지라도 '행복'이라는 말을 던진다. 그리고 늪 바로 앞에 가드레일이 있다고, 당신이 늪에 빠지지 않도록 사회가 안전한 대책을 마련해두었다고, 설령 늪에 빠진다 하더라도 구명 로프를 던져 구해줄 사람이 있다고 떠올려주는 것이다.

사상가 한나 아렌트는 '용서'와 '약속'을 '다시 일어설 수 있는 가능성을 향한 모험'이라고 말했다. 복수가 아닌 '용서', 지배가 아닌 '약속'.

'복수가 아닌 용서'라는 말은 쉽게 이해할 수 있다. 복수란 과거의 되풀이이고, 용서는 과거의 속박에서 해방되는 것이기 때문이다. 그렇다면 '지배가 아닌 약속'이란 무슨 의미일까? 내 멋대로의 해석인지는 모르겠지만, 지배 역시 과거의 되풀이이자 과거의 속박이고, 강제이자 우격다짐이며, 일방적인 것이다. '약속'이란 그 자체가 백 퍼센트 지켜지리라는 보장이 없는, 꿈이자 기도이며, 희망이고 믿음이다. '약속'은 쌍방의 관계 속에서만 성립한다. 약속이란, 약속을 하는 쪽이 아니라 약속을 받는 쪽이 그것을 받아들이고, 다시 한번 믿어보겠다는 위험을 무릅씀으로써 겨우 성립하는 것이다.

'난 행복해질 리가 없어' 라고 생각했던 사람, '난 행복해져서는 안 돼' 라고 생각했던 사람에게는 과거의 속박에서 벗어나기 위한 말이 필요하다. 두려움에 몸을 움츠린 사람이 발을 뻗고 걸음을 내딛기 위해서는 미래를 붙잡을 수 있는 말이 필요하다.

구명 로프나 가드레일이 실제로 아무 도움이 되지 않는다고 하더라도, 사람은 무언가가 또는 누군가가 자신의 안전을 지켜줄 거라는 느낌을 받을 때에만 사람으로서 살아갈 수 있다. 현실의 연약함과 위태로움 속에서 미래를 붙잡는 것이 실제로는 불가능하기 때문에, 오히려 희망을 함께 나누며 미래를 향한 길을 붙잡으려는 시도. 예언. 약속. 희망. 꿈.

내일은 맑은 날이 되어라. 모두 모두 행복해지기를. 그렇게 생각하고, 그렇게 중얼거린다. 그렇게 속삭이고, 그렇게 노래한다.

2장

교차하는 감성

미국 연구원 생활의 기록들

(2007~2008년)

열림과 닫힘

사람이든 사물이든 변화가 일어날 때는 닫힌 채 변하는 경우와 열린 채 변하는 경우가 있다.

세포가 감수분열을 일으킬 때는 일단 세포막이 닫히고 안팎의 물질 교환을 정지시킨다고 아주 오래전에 배운 기억이 있다. 변화가 일어날 때는 그 변화에 대부분의 에너지를 쏟으며 주의를 기울이지 않으면 안 된다. 그렇기 때문에 외부에서 받는 공격에는 무방비 상태가 된다. 외부의 적이 침입하면 그 자리에서 당하고 만다. 취약한(vulnerable) 상태가 되는 것이다. 그래서 변화가 일어날 때는 닫혀 있어야 한다. 번데기가 나비가 될 때, 고치 안에 틀어박혀 있어야 하는 것처럼. 아마도 이런 내용이었던 것 같다.

내가 레지던트였을 무렵, 벌써 20년도 더 전의 기억이니까 전혀 다른 이야기였는지도 모른다. 왕년의 의학 개론의 거장 고(故) 나카가와 요네조 씨에게서 배운 것 같기는 한데, 과학적으로 내가 바르게 이해했는지 어떤지 알 수 없어서 여기서 이름을 밝히는 것이 실례가 될지도 모르겠다. 다만 중요한 것은 이 이야기가 그 후로 내 삶에 꽤 중요한 영향을 끼치게 되었다는 것이다.

누구와도 만나고 싶지 않고 방에 틀어박혀 있고만 싶을 때, 그저 멍하니 있을 뿐 생산적인 일은 아무것도 할 수 없을 때, 시간만 헛되이 보내고 있다는 기분이 들 때, 그때의 메시지를 떠올리면 마음이 차분해진다.

아무에게도 연락하지 않고, 아무도 연락해주는 사람이 없이 휴일이 지나가면, 이 세상에 나만 혼자 뒤처져버린 것 같은 기분이 들어, 나 같은 건 세상에 없어도 되지 않을까 하는 생각이 들 때가 있다. 그럴 때 그 이야기를 떠올리면 '아, 이건 내일의 만남 전에 찾아오는 고요함 같은 거야' 하고 생각할 수 있게 된다.

외부로부터의 인풋을 배제하고 고치 안에 틀어박힌다. 그런 때야말로 안에서 무언가가 만들어지기도 하고, 흥분 상태가 되어 이윽고 선명한 화학반응이 일어나면서 새로운 것이 생겨날지도 모른다.

물론 새로운 게 아무것도 생기지 않는다고 해도, 변하는 게 아무것도 없다고 해도, 아무 생각 없이 그 시간을 즐길 수만 있다면 좋겠지만, 근대적 교육과 경쟁의 세례를 받아온 인간이 그만한 경지에 다다르기란 무척 어렵다. 특히 20대, 30대는 젊음의 유한성을 온몸으로 절절히 느끼며, 할 수 있는 건 뭐든지 해보겠다며 끊임없이 앞을 향해 나아가려 하기 때문에, 그런 경지에 다다르려는 노력 자체가 오히려 스트레스가 되기 쉽다. 그저 나는 지금 이 순간을, 멍하니 보내도 마음에 걸리지 않을 변명거리를 찾아서 좋았던 건지도 모른다.

그에 비하면, 열려 있는 채 변한다는 것은 쉽게 이해할 수 있다. 누군가를 만나고, 어딘가로 외출하고, 새로운 학교나 직장에 들어가고, 외국에서 생활하고, 지금까지 경험한 적이 없는 일에 도전해본다. 그럴 때, 사람은 열리게 된다. 이질적인 것이 자신의 안으로 들어오고, 또한 동시에 자신의 안에서 무언가가 나가고, 거기서 연결이 생기고, 심신을 구성하는 요소가 번갈아들면서 편성을 바꾸어간다.

1986년에 의과대학을 졸업하고 정신과 의사가 된 나는 1989년 가을부터 3년 동안 미국에서 유학을 했다. '의료인류학'이라는 학문을 공부하고 싶었지만 일본에서는 그다지 발달하지 않은 분야였기 때문이다. 다행히 여러 인연 덕분에 하버드 메디컬스쿨 사회의학교실의 객원 연구원이 될 수 있었다. 그 후, 윤리적인 문제에 관심이 많아져 하버드 로스쿨의 인권 강좌로 옮겨 연구를 계속했다.

그 기간은 나에게 인생의 커다란 변곡점이자 '변태(metamorphosis)'였다. 흔해 빠진 비유이긴 하지만 마른 스펀지처럼 뭐든지 흡수할 수 있었다. 젊음을 발판 삼아 나 자신을 활짝 열고, 모든 것에 흥미를 가지고, 어디든지 얼굴을 내밀고, 온갖 책을 읽고, 재미있는 사람도 재미없는 사람도 많이 만났다. 처음에는 영어가 서툴러 자존감이 바닥을 쳤고, 시간이 조금 흐르자 미래가 불안해질 때도 자주 있었다.

다만 그다지 의식은 하지 않았지만, 의사면허를 땄다는 것, 임상 연수를 마치고 최소한의 임상 능력은 갖추었다는 것이 내게는 꽤 든든함이 되었던 것 같다. 가리지만 않는다면 일본 어딘가에 나 하나쯤 고용해줄 병원은 있지 않을까 하고 생각했다. 만약 미국에 남을 수밖에 없었다거나 연구자 말고 다른 길이 없었다면, 불안에 억눌려 연구고 뭐고 아무것도 손에 안 잡혔을지도 모른다.

지금도 종종 이상하다는 생각이 들지만, 나는 연구자가 되고 싶다고 생각한 적이 없었다. 그저 의대생이었을 때부터 막연히 느껴졌던 위화감, 의사가 되어서 의료 현장에서 맞닥뜨린 여러 가지 의문을 내 나름대로 정리해보고 싶다고 생각했을 뿐이다. 그렇게 하지 않으면 그다음 단계로 나아갈 수 없을 것 같았다. 그럴 때 만난 것이 의학과 의료 행위를 외부의 시점에서 관찰하는 '의료 인류학'이었던 것이다.

결국 미국에서는 이문화 속에서 살아가는 사람들의 정신 건강 조사 연구, 그리고 암 선고를 둘러싼 의사들의 윤리관이나 행동에 대해 미국과 일본을 비교 연구했다. 귀국하고 나서는 의과대학에서 강사를 하다가 2001년부터는 지금의 직장으로 옮겨 시회과학계 대학원생을 가르치고 있다. 청개구리 같은 성격 탓인지, 적을 옮기고 나니까 오히려 정신의학 연구에 관심이 커져, 이런저런 임상 실험도 계속하면서 주로 가정 내 폭력이나 성폭력 피해자를 진료해왔다. 그러면서 연구 내용도 트라우마나 젠더, 섹슈얼리티 등으로 옮겨가게 된 것이다.

그러던 중 2007년 가을부터 1년 동안 풀브라이트 장학금을 받으며 미국에 연구원으로 체제할 수 있는 기회를 얻게 되었다. 뉴욕 교외에 살면서, 하바드 대학 관련 병원으로 폭력 피해자의 트라우마 치료로 유명한 케임브리지 헬스 얼라이언스 소속 연구원으로 지내게 되었다.

15년 만의 미국 생활은 나에게 무엇을 가져다주게 될

까. 내 안테나에는 무엇이 걸려들까. 미국 의료나 학문 연구의 현장을 오랜만에 찾으며 무엇을 보고 무엇을 느낄지 나 자신도 흥미로웠다.

오래전의 미국 유학은 나에게 많은 것들이 교차하는 즐거움을 주었다. 자연과학과 사회과학, 이과와 문과, 일본과 미국, 몸과 마음, 이성과 감정, 사고와 직감, 여자와 남자, 병리와 창조성……. 다양한 경계선이 교차하고, 서로 다른 감성이 합쳐졌다가 흩어지기를 반복했다.

시간이 흐르면 많은 것이 변화한다. 또한 동시에 변하지 않고 계속 그대로 남아 있는 것도 있다. 그 둘은 모순되는 것이 아니다. 무언가를 받아들이는 나의 방식이 변했을 수도 있다. 몇 년이나 흘러서 겨우 깨닫는 경우도 있을 것이다. 그 장소로 되돌아가서야 비로소 떠오르는 소소한 기억의 무리들. 그것들에 대한 새로운 의미 부여.

열리는 것과 닫히는 것 역시 서로가 꼭 모순은 아니다. 교차하는 모양은 닫혀 있으면서 열려 있다. 예를 들면 다리를 꼬는 것. 한쪽 손으로 반대편 몸을 만지는 것. 방어하면서 도발하는 것.

다른 데로 이동할 때와 한곳에 머무를 때. 사람을 만날 때와 혼자 틀어박힐 때. 교차란 비트는 것이고, 엇갈리다가 만나는 것이고, 다리를 놓는 것이고 건너가는 것이기도 하다.

미국에 머무는 1년 동안, 내 마음속 안테나에 걸려들 작은 비틀림과 만남, 다리를 놓고 건너면서 의료와 그 밖의 사회나 문화를 스케치하고 고찰해보고 싶다. 미국 속의 다양한 장벽들도 교차해보고 싶다. 인종과 민족, 젠더, 계층, 전문 영역. 그리고 학술적으로 이렇게 배울 것이 많고 훌륭한 논문과 서적이 쌓여 있는데도, 어째서 우리 사회는 이토록 폭력적이고 모순으로 가득한지에 대해서도……

경쟁과 행복

보스턴에서 하버드 대학 의학부와 브리검 여성병원 등 관련 병원이 모여 있는 곳을 롱우드 메디컬 지역이라고 한다. 이곳을 걸을 때마다 '아, 여기가 바로 세계 각지의 우수한 두뇌들이 모여 경쟁하고 있는 곳이구나' 하고 생각한다. 스쳐 지나가는 사람들이 다들 천재처럼 보인다. 흰 대리석 건물로 둘러싸인 의과대학의 큰 중앙 정원을 마주하고 서 있으면 내가 1밀리미터쯤 되는 아주 작은 존재가 된 것 같은 기분이 든다. 예전에 많은 도움을 받았던 교수님을 만나러 가려고 해도 용기를 짜내지 않으면 건물 안으로 발도 못 디딜 것 같은 위압감이 느껴진다. 사실은 보안이 철저해서 정작 필요한 건 용기가 아니라 사진이 붙은 신분증이지만.

사람을 몰아붙이는 듯한 분위기. "그렇게 태평하게 있

다가는 살아남지 못해요" 하는 말이 들리는 것만 같아, 나까지 마음이 초조해져 억지로라도 움직이게 된다.

하나하나의 건물 안에서는 분명 치열한 경쟁이 벌어지고 있을 것이다. 지금 교수가 되어 있는 사람은 그 경쟁에서 살아남은 몇 안 되는 사람들이다. 들리는 말로는 경쟁 때문에 옆 연구실의 배양물을 훔치거나 동료의 연구 데이터를 망가뜨리는 일이 툭하면 일어나고, 개중에는 박사 후 연구원 등의 포지션을 얻으려고 교수나 상관에게 온몸을 다 바쳐 일하는 사람도 있다고 한다. 하지만 그렇게까지 해서 교수가 된 후에도 연구 조성금을 받으려고 악착같이 뛰어다니고, 한 편이라도 더 논문을 쓰려고 하는 등 노력은 끝도 없이 이어진다. 늘 업적 평가를 받아야 하고, 그것이 종신 교수직 확보나 급여에 큰 영향을 미치기 때문에 무리도 아니다.

치열한 경쟁. 그렇게 해서 살아남기. 아메리칸드림. 기회의 평등. 물론 그렇게 몰아붙이는 속에서도 열심히 노력하는 사람이 있는 덕분에 의학이 발전하고 지금까지 고칠 수 없었던 병이 낫게 되었으니 그건 그것으로 좋은 일일 것이다. 은혜를 입고 사는 것에 감사해야 하는지도 모른다.

하지만 세계 최고의 두뇌들이 이렇게나 모여 있어도 하는 일이라곤 경쟁밖에 없는 걸까, 하고 조금은 비꼬인 마음이 들기도 한다.

미국에 있으면 과연 연구의 층이 두텁구나, 하고 절실히 느낀다. 연구자 수도 일본과는 비교할 수도 없고 배워야 할 학술 지식도 대단히 많다. 다만 이렇게나 훌륭한 연구 성과가 쌓여 있는데도, 그것이 사회에 거의 활용되고 있지 않다는 인상도 받는다.

예를 들면 비만이 그렇다. 미국에 올 때마다 사람들이 점점 살이 찌고 있다는 게 느껴진다. 얼굴은 홀쭉한 사람이 많아서 시선을 아래로 향하지 않으면 못 느끼다가도, 허리둘레를 보면 깜짝 놀란다. 건강에 좋다고 해서 그린티가 유행하지만 거기에는 설탕이 들어 있다. 무지방 우유를 고르면서 함께 먹는 건 햄버거나 피자 같은 위에 부담을 주는 음식에다 양도 많다. 샐러드를 먹는데 드레싱을 먹고 있다는 느낌이 들 때가 있다. 내 아이가 다니는 학교 식당에서 팔고 있는 런치도 영양 밸런스가 매우 나쁘다.

의료도 마찬가지다. 미국에 오래 거주하고 있는 어느 일본인 의사는 미국의 풍부한 의학 연구 자금이 매력적이라면서 "미국 정부는 의료에 위신이 걸려 있거든요" 라고 말한다. 하지만 의학적 지식수준은 높을지 몰라도 그것을 국민에게 분배하는 시스템은 마련되어 있지 않다. 지금 가지고 있는 건강보험을 잃지 않기 위해서 싫어도 직장을 그만두지 못하는 사람을 몇 명이나 보았다. 직장을 잃고 병에 걸리면 그걸로 끝이다.

이렇게 똑똑한 사람들이 많이 모여 있는데도 어째서 세상은 더 나아지지 않는 걸까? 어째서 더 행복한 사회가 되지 않는 걸까? 애초에 여기에 있는 사람들조차 그다지 행복해 보이지 않는다. 굳이 행복해지고 싶지 않다면야 그래도 괜찮겠지만, 정말로 행복해지고 싶은데 그렇지 않다면, 도대체 그 좋은 머리는 무슨 도움이 되는 걸까. 그런 생각을 곰곰이 해본다.

지성과 행복은 연결되어 있지 않은 걸까? 아니면 사람들이 행복해지고 싶은 마음을 실현시킬 만한 구조를 사회가 갖추고 있지 않은 걸까? 그것도 아니라면 대부분의 인간은 사실 마음속으로는 행복해지고 싶다고 생각하지 않는 걸까?

따분함을 견디지 못하는 사람은 있을 것이다. '난 다른 사람들과는 달라' 하고 자신을 과시하고 싶어 하는 사람도 있을 것이다. 경쟁이 시작되면 갑자기 의욕이 활활 불타오르는 타입의 사람도 있을 것이다. 차별화의 욕망. 승리의 쾌감. 나만이 선택되고 높이 평가받는 것의 기쁨. 패배에 대한 굴욕감과 수치심. 사실은 내키지 않는 일이지만 미래에 내가 정말 하고 싶은 일을 하기 위해서는 일단 경쟁에서 이길 수밖에 없다며 모든 걸 단념하고 일에만 전념하는 사람도 많을지 모른다. 그렇지만 이런 경쟁이 영원히 이어진다고 한다면 어떨까?

정말로 실력 있는 사람은 경쟁에서 이기려는 마음으로 하는 게 아니라, 자신이 정말 하고 싶은 것을 자신의 속도에 맞춰서 나아가다 보니 어느새 이기게 되었는지도 모른다. 그리고 이런 사람들은 자기도 모르는 사이에 마라톤의 페이스메이커 같은 역할을 하게 된다. 넘치는 활력으로 끝까지 탈락하지 않고 달리는 페이스메이커. 선수들 중에는 페이스메이커에게 자극을 받아 자신의 실력 이상의 기록을 달성하는 사람도 있을 수 있다. 물론 평범한 사람이라면 온몸이 녹초가 되고, 무리한 나머지 몸이 상하고, 좌절감에 평생 괴로워할 수도 있겠지만.

확실히 보스턴에 있으면 '뛰는 놈 위에는 나는 놈이 있다' 라는 말을 깨끗이 인정하고 싶어진다. 뛰어난 능력과 넘치는 에너지를 가진 사람을 만날 때가 가끔 있다. 며칠 전 어쩌다 마음이 내켜 어떤 모임에 나갔다가, 매사추세츠 공과대학에서 활약하고 있는 어느 일본인 교수가 독창적이고 풍부한 이미지를 써가며 그야말로 '번뜩이는 재능' 이라는 말에 딱 들어맞는 발표를 하는 모습을 보았다. 그런데 질의응답 시간이 되자, "연구가 너무 힘들고 괴로워서 죽을 것 같아요" 라고 하기도 하고, 질문을 던진 청년에게는 "그건 너무 안이한 생각입니다", "내 연구의 원동력은 굶주림이에요" 라고 하며, 번뜩이는 재능과는 달리 정신력을 강조하는 듯한 말을 하기에, 겉으로 보이는 모습과 달라서 조금 놀랐다. 그래도 "연구가 너무 괴롭지만, 그것이 기쁨이 될 때가 있어요" 라고 말할 때는 표정에 생기가 흘러넘쳤고, "우리가 모두 죽고 난 후, 서기 2200년을 살아갈 인간에게 도움이 될 수 있는 연구를 하려고 합니다" 라고 말할 때는 솔직하게 감동하고 말았다.

무언가에 쉽게 영향을 받는 나는 '그래, 그렇게 미래지향적으로 생각하면 되는 거야. 지금 우리 사회의 개개인의 불행 같은 것에 얽매이기보다는, 먼 미래 세대에게 희망을 줄 수 있으면 그걸로 좋은 게 아닐까' 하고 나 자신의 좁은 스케일과 비관주의를 반성했다.

어쩌면 그 교수가 말한 '굶주림'이란 경쟁에 몰려 시달리는 것이 아니라, 자기 안의 호기심이나 창조성 같은 동력이 억지로 저지되었을 때 느끼는 종류일 것이리라.

경쟁에 몰려 맹목적으로 달려가듯 살고 싶지는 않지만, 그래도 달리고 싶은 본능을 가진 자신의 뇌를 잘 다루면서 달린다는 것은 분명 상쾌한 기분일 테고, 보고 있는 사람도 기분이 좋다. 그러면서도 주변의 평범한 사람은 너무 끌어들이지 말았으면, 하는 생각도 한다.

블루오션과 한촌의 바다

조금 전의 원고를 쓰고 나니, '하지만 그런 말을 하는 당신도 대학교수 아닌가? 성공한 쪽이잖아!' 하고 생각하는 독자들이 있을지도 모르겠다는 생각이 들었다. '이기려고 해서 이긴 게 아니라 실력이 있어서 이겼다는 걸 은근슬쩍 드러내려는 거 아냐? 아니꼽게!' 하고 반응하는 사람이 있을지도 모르겠다.

아닌 게 아니라 어디서 강의를 할 때 내 프로필이 소개되는 것을 듣다 보면 '대단하네'라는 생각이 들 때가 있다. 교수에 의사이고, 하버드 대학에서 유학을 하고, 박사학위를 따고, 책도 여러 권 내고, 지금은 풀브라이트 연구원으로 미국에 와 있고……, 아니꼬운 것 같기도 하다.

하지만 아무리 생각해봐도 나는 평범한 사람의 영역에 있다는 생각이 든다. 이렇게 원고를 쓰고 있을 때도 온갖 머리를 쥐어짜며 고생하다가 마감 전날까지 괴로워하며 낑낑댄다.

그러니까 어찌 보면 나의 '운'은 단지 주류에서 떨어진 비주류 분야를 선택하고, 오로지 주변부에 관한 연구만을 계속해왔기 때문에 찾아온 것인지도 모르겠다.

주워들은 이야기인데, 비즈니스 전략에는 '블루오션'과 '레드오션'이라는 비유가 있다고 한다. 하버드 비즈니스 스쿨 교수가 책에 그렇게 쓴 모양이다.

'블루오션'은 넓게 펼쳐진 푸른 바다, 새롭게 개척된 시장으로 경쟁 상대 없이 혼자 독점하는 세계다. 한편 '레드오션'은 온통 피로 얼룩진 바다, 경쟁이 심한 기존의 시장을 의미한다. '레드오션'에서 싸우기보다는 새로운 독자적인 시장인 '블루오션'을 만들어가는 것이 비즈니스에서는 중요하다는 말인 것 같다.

어찌 보면 너무 당연한 소리 같기도 하다. 누구나 레드오션에 머물고 싶어서 있는 건 아닐 것이다. 지금이 가장 전성기라면 앞으로는 하락밖에 남지 않았다는 말이니까 비즈니스에서는 전망이 제로라는 뜻일 테니까. 하지만 꼭 그렇지는 않을지도 모른다. '사람이 모여 있는 곳에 맛있는 음식이 있는 건 분명하다' 라고 생각하는 사람도 있을 것이다. 다른 사람들 모두가 갖고 싶어 하는 거라면 자신도 갖고 싶다고 생각하는 사람은 적지 않다. 무언가를 유행하게 만드는 시대적인 요인은 분명히 있을 것이고, 유행 그 자체에 매력을 느끼는 사람도 꽤 많다.

나는 인구밀도가 높은 곳을 싫어하는데, 사람들이 떼지어 몰려 있기만 해도 숨이 답답해지고 도망치고 싶어진다. 모든 사람이 가진 것보다는 나만이 좋아하는 것을 찾는 것이 즐겁다. 그리고 그건 학술이나 연구 영역에서도 마찬가지다. 다른 사람이 하고 있는 것은 하고 싶은 생각이 들지 않는다. 다른 사람이 똑같은 연구를 하려고 한다면, 내가 굳이 할 필요는 없잖아, 그 사람이 열심히 해줄 테니까, 그만큼 난 다른 것에 힘을 쏟을 수 있어, 하고 생각하기도 한다.

하지만 마음속 어디에선가 나는 알고 있다. 일단 경쟁이 벌어지는 장소에 놓이게 되면, 지고 싶지 않아서 내가 기를 쓰고 움직일 거라는 것을. 때로는 비열한 짓을 해서라도 이기려고 할지도 모른다는 것을. 그렇게 나 자신의 싫은 부분, 보고 싶지 않은 부분이 드러나는 것이 두려운 것이다. 외적인 요소에 의해 나 자신이 휩쓸리고, 조작되고, 하고 싶지 않은 것까지 해야 하는 처지가 되는 것을 피하고 싶은 것이다.

게다가 경쟁에 지면 상처를 받는다. 설령 이겼다고 해도 그 기쁨은 순간적일 뿐 오래가지 않는다. 그렇다면, 기쁨을 느끼기 위해서는 끊임없이 이기지 않으면 안 되는 것이다. 그건 불가능하다. 그렇기 때문에 남과 경쟁하지 않고 살아가기 위해, 나는 다른 사람이 하지 않는 것, 크게 관심받지 않는 영역으로 눈을 돌린 것 같다.

사실은 많은 사람들이 블루오션을 좋아한다. 문제는 블루오션이 어디에 있는지 미리 알 수 없다는 것이다. 드넓게 펼쳐진 바다 같은 건 처음에는 어디에도 보이지 않는다. 찾아도 쉽게 눈에 띄는 곳도 아니고, 쉽게 눈에 띄는 곳이라면 순식간에 레드오션이 되어버릴 것이다. 오히려 수풀 속을 헤매며 돌아다니다 보니, 좁은 물길을 더듬어 따라가다 보니, 어느새 눈앞에 넓은 바다가 펼쳐져 있었던 게 아닐까.

다만 자기 눈에는 블루오션으로 보여도 다른 사람에게는 그저 망망대해처럼 보일 수도 있다. 그 바다가 아무리 푸르다고 해도, 아무리 활짝 트였다고 해도, 아무도 그 장소에 투자 가치를 찾지 못하고, 관광지가 될 것 같지도 않은 한촌의 바다. 어쩌면 내 경우가 그것과 비슷했던 것 같다. 이렇게 흥미진진한 연구 테마에 왜 다른 사람은 관심을 갖지 않는 걸까, 하고 자신은 이상하게 여길 수도 있겠지만, 한촌에는 한촌이 될 수밖에 없는 이유가 있는지도 모른다. 바다는 아름답지만 상어가 돌아다닐 수도 있고, 한류 때문에 바닷물이 차다거나 가까이에 산업폐기물 처리 시설이 있을 수도 있는 것처럼.

하지만 블루오션을 발견하는 요령이 아예 없지는 않다. 내게도 나름의 요령이 몇 가지 있어서 말해볼까 한다. (다만 한촌의 바다로 떠났다가 돌아오지 못한다고 해도 어쩔 수는 없지만……)

첫째는 다른 문화 속에 살면서 국내에 없는데 편리한 것, 도움이 되는 것을 찾아보는 방법이다. 시간차를 비즈니스에 이용하는 거라고 할까, 혹은 타임캡슐을 타고 진보한 다른 문화로 가서 자국의 가까운 미래를 보고 오는 것 같은 것이다. 내 경우도 18년 전의 미국 유학이 미래의 일본에 일어날 일을 예측하고 연구를 진행하는 데 도움이 되었다. 참고로 여기서 '진보'라는 말은 시간적인 의미일 뿐, 반드시 좋은 방향으로 진보했다거나 진보하고 있다는 뜻은 아니다.

둘째는 무작위의 조합이다. 가끔 컴퓨터가 생각지도 못한 글자로 전환하는 바람에 이상한 의미의 문장이 되어버릴 때가 있는데, 그런 것처럼 두 가지의 테마나 키워드를 무작위로 조합해보는 것이다. 그리고 그 둘이 교차하는 현상이나 의미를 다양하게 생각해본다. 지금까지 생각해보지 못한 조합일수록 재미있는 것이 나올 가능성이 있다.

셋째는 어찌 되든 일단 레드오션에서 빠져나오는 것이다. 물론 불안할 것이다. 영원히 새로운 바다에 다다르지도 못한 채 말라버릴 수도 있으니까. 내가 하고 싶은 일을 할 수 있고 그것이 훌륭하다고 해도, 아무도 알아주지 않을지도 모른다. 죽고 나서 평가를 받는다면 그래도 운이 좋은 편이고, 시간이 흐를수록 잊혀가고 기록도 사라져버릴 확률이 높다. 하지만 어차피 모든 인간에게 살아온 흔적 따위, 언젠가는 사라져버리는 것이다.

아무도 관심을 주지 않지만 내 눈에는 신기해서 못 견딜 것 같다면, 그 생각을 꼭 소중히 하는 것이 좋다. 저명한 선생에게 물었는데, '무슨 쓸데없는 질문이야' 하는 표정을 보인다면, 그것이 오히려 기회인지도 모른다. 물론 정말로 쓸데없는 질문일 가능성도 있다. 어느 쪽이 될지는 시간의 흐름만이 알려줄 것이다.

이런 이야기가 있다.

어느 대기업 중역이 바쁜 중에 짬을 내어 어느 섬나라로 휴가를 떠나 바닷가에서 느긋하게 시간을 보내고 있다. 그 섬에 사는 한가로워 보이는 남자가 그에게 다가온다. 그 남자는 중역에게 평소에는 어디서 뭘 하며 지내느냐고 묻는다. 중역이 대답하자, 그런 걸 왜 하느냐고 묻는다. 중역은 "그렇게 해서 돈을 벌면 이렇게 휴가를 오고 아름다운 바다에서 느긋하게 쉴 수 있잖습니까" 하고 말한다. 그러자 그 남자가 "난 옛날부터 그렇게 하고 있는데요" 하고 웃으며 가버린다.

아직 휴양지가 되지 않은 블루오션은 세계 곳곳에 남아 있다. 그런 장소를 저마다 하나씩 찾아서 각자의 장소를 즐기면서 살아갈 수 있으면 얼마나 좋을까 하고 생각한다. 그렇지만 한편으로 생각하면 그 중역은 바닷가에서 내내 한가롭게만 지내는 생활을 바라지는 않을지도 모른다. 피투성이가 되어 싸워서 승리하는 자신의 모습도 사랑하는 것이다. 그런 다음 멀리 바다로 나가 느긋한 기분에 빠져 그런 자신을 뒤돌아보는 그 순간이 즐거운 것이다.

나는 바다의 아름다움을 한촌에서 조용히 즐길 수 있으면 그것으로 좋다. 조금은 외로울 때도 있을 테니까 가끔 누군가 찾아와주면 더 기쁘겠지만.

겨울의 수난과 즐거움

겨울이다. 춥다. 아무튼 춥다. 보스턴도 뉴욕도 얼어붙었다. 얼마 전엔 영하 11~14도라는 기록적인 한파였다. 어릴 때 툭하면 동상에 걸리던 나는 아프고 가려워서 늘 힘들어한 기억 때문에 추운 게 싫다. 겨울도 질색이다. 연구기관을 캘리포니아나 뉴멕시코나 플로리다에 있는 곳으로 고르지 않은 나 자신이 내심 원망스러워진다. 추위뿐만이 아니다. 여기는 해도 빨리 진다. 오후 4시쯤이면 벌써 어둑어둑해지기 시작해 5시가 되면 깜깜해진다. 그때부터 기나긴 밤이다. 아침은 7시가 되어도 어슴푸레하다.

눈도 골칫거리다. 물론 따뜻한 집 안에 있으면 새하얗게 뒤덮인 환상적인 눈 풍경을 바라보는 것도 즐거울 것이다. 특히 늦가을, 색색으로 물든 나뭇잎이 다 떨어지고, 숲이 벌거숭이가 되어 교외의 집들이 고스란히 모습을 드러내기 시작하면서 첫눈을 손꼽아 기다렸다. 하지만 막상 눈이 내리니 어디 외출을 하려고 해도 생명의 위험을 느낄 정도이다.

12월에 폭설이 쏟아질 때는, 뉴욕에서 보스턴까지 버스로 보통 4시간 20분 걸리는 것이 12시간 가까이 걸렸다. 오후부터 폭설이 내린다는 일기예보를 듣긴 했지만 아침 일찍 나가면 괜찮겠지 생각했는데, 도중에 퍼붓듯이 내리기 시작했다. 눈을 치울 겨를도 없어 고속도로 위의 차들은 거북이 운행을 한다. 갓길에는 (갓길은 말할 것도 없고 어떨 때는 도로 한복판에도) 꼼짝달싹 못 하는 차가 몇 대나 멈춰 서 있다. 차 안에 휴대폰을 붙들고 있는 사람이 보이는데, 남 일이지만 어찌 될지 괜히 걱정이 되기도 한다.

사람이 없는 빈 차도 있다. 미련 없이 포기하고 차를 내버려둔 채 남의 차를 얻어 타고 가까운 동네까지 가기라도 한 걸까. 다시 찾으러 오는 게 힘들겠지만 무리하게 운전하다 사고가 나거나 휘발유가 떨어져 차 안에서 얼어 죽는 것보다야 나을지도 모른다. 이렇게 많은 차들이 오도 가도 못하는데, 임시 버스라도 보내서 사람들을 태우고 갔다가 다음날 다시 데려다주고 각자 차를 찾아가게 하는 것도 괜찮지 않을까. 버스 안에 하도 오래 앉아 있으니 창밖을 바라보며 그런 서비스 시스템을 생각해보기도 한다.

딱한 건 버스 운전사다. 교대할 사람이 없다. 폭설 속에서 승객의 생명을 책임지고 있는 만큼 운전하는 데 신경이 바짝 곤두서 있을 것이다. 그렇게 12시간째다. 지친 나머지 더는 못 참겠다며 운전대를 내팽개친다고 해도 이해가 갈 것 같다. 하지만 운전사는 침착한 사람이었다. 승객들도 다들 조용했다. 이런 상황에서도 다들 침착할 수 있다는 건 감사한 일이다. 보이지 않는 신뢰감이 생기고 잠깐 동안의 운명공동체가 만들어진다. 마침내 밤늦게 보스턴에 도착했을 때는 박수와 함께 절로 환성이 터져 나오고, 승객 한 사람 한 사람이 운전사와 굳게 악수를 나누며 버스를 내렸다.

눈이 지나가면 얼음이다. 한파가 계속되면 눈은 그대로 얼음이 된다. 얼어붙은 길은 미끄럽다. 걸을 때는 넘어지지 않도록 몸 여기저기에 힘이 들어간다. 차를 운전할 때는 미끄러지지 않도록, 그리고 패닉에 빠지지 않도록 스스로를 타이르지만 얼굴은 온통 굳어 있다. 그래서 얼음이 얼기 전에 제설 작업을 하는 게 중요한데, 이게 또 굉장한 중노동이다. 언젠가 도호쿠의 북쪽 지방에 사는 친구가 "이 지방에선 가족 간의 갈등이나 움직임이 전부 눈

치우기 작업을 분담하면서 드러나" 라고 한 적이 있는데, 그 말이 충분히 이해된다. 한파가 끝나고 포근한 날이 며칠 이어져 쌓인 눈이 녹으면 진심으로 태양에게 감사하고 싶어진다.

유럽의 이민자들은 어째서 이렇게 추운 곳으로 이주해 왔을까. 그 시절은 난방 설비가 갖춰져 있지 않은 시대였다. 장작이나 난로는 있었겠지만, 물은 얼음장 같고 집은 틈새마다 바람이 새어 들어왔을 것이다. 유럽의 고향도 비슷한 기후여서 대수롭게 여기지 않았던 걸까. 남쪽으로 가면 더 따뜻하다는 것을 몰랐던 걸까. 알았지만, 얼어붙을 듯한 추위라도 익숙한 기후 쪽이 차라리 마음이 놓였던 걸까. 역사책을 펼쳐보면 납득할 만한 이유가 몇 가지쯤이야 쓰여 있겠지만, 그래도 그 시절 사람들의 고생에 생각이 머문다. 기나긴 겨울을 넘기는 것. 월동. 그 말의 무게를 묵직하게 받아들인다.

아무리 싫다고 해도 겨울은 계속된다. 그렇다면 싫어하기보다 즐기는 편이 낫겠지. 그렇게 발상을 바꿔보기로 했다.

맨 먼저 풍경. 우연찮게 《봄여름가을겨울 그리고 봄》(김기덕 감독, 2003년)이라는 영화를 DVD로 보았다. 한국의 어느 산속 호수에 떠 있는 절에서 사계절의 자연을 무대로 그려낸 소년의 성장 이야기인데 영상이 너무나 선명하고 아름답다. 봄, 여름, 가을 산속의 자연이라면 일본에서도 오랫동안 사랑받으며 아름답게 그려져서 그런지 마치 가본 듯한 친밀감이 든다. 그런데 겨울의 풍경은 가슴이 덜컥 내려앉을 만큼 신선하다. 얼어붙은 호수의 고요함, 그 수면 위에 그려진 얼음의 무늬들, 내쉬는 숨의 반짝이는 듯한 느낌, 투명한 하늘, 극단적으로 단순한 색조의 골짜기…….

보스턴은 도시이긴 하지만 그래도 그것과 비슷한 아름다움을 만날 때가 있다. 시원하게 줄지어 서 있는 벌거벗은 가로수. 늠름한 석상. 펜 그림 같은 눈 내린 공원. 하얗게 얼어붙은 찰스 강의 소용돌이무늬가 그려진 수면. 그 아래 찰랑이는 물의 흐름……. 겨울에는 겨울의 아름다움이 있다. 그것은 혹독함을 품은 아름다움이다. 부패와 혼탁, 오염을 거부하는 아름다움이다. 그리고 보이지 않는 곳에서 생명의 숨결을 품어 키우고 있는 아름다움이다.

그다음은 스포츠. 이곳의 겨울은 뭐니 뭐니 해도 미식축구다. 미국의 아버지들이 휴일 오후 시간을 제대로 보내는 법은 TV로 미식축구 경기를 보는 것이다. 나는 미식축구 룰을 전혀 모르기 때문에 그냥 선수들이 움직이는 모습을 본다. 이건 구기 스포츠 같지 않네……, 공을 사용하지만 꼭 필요해 보이지도 않고, 오히려 격투기 같은 느낌인데……, 그런 생각들을 하면서 본다. 그리고 다다른 위대한(?) 결론. 미식축구는 술래잡기구나!

다 큰 남자들이 술래잡기에 여념이 없다. 술래잡기를 하려고 팀을 만들고, 우악스러운 보호대를 걸치고, 감독과 코치가 작전을 짜서 지도하고, 넓은 경기장을 준비하고, 무시무시한 추위에도 아랑곳없이 수많은 관중들이 와서 응원을 한다.

게다가 미식축구는 육탄전이다. 인간 신체의 강인함, 민첩함, 그리고 취약성을 관찰하기에는 절호의 기회이다. 그런데 이것도 '밀어내기 게임'처럼 보이기도 한다. 밀어내기 게임도 겨울에 어울리는 놀이이다. 한여름 땡볕 아래 우락부락한 남자들이 서로 밀어내려고 땀을 뻘뻘 흘리는 모습이라면 굳이 보고 싶은 마음은 들지 않을 것 같다.

장엄한 분위기 속 술래잡기 놀이와 밀어내기 게임. 거기에 수많은 사람들이 푹 빠져 있다. 어릴 때 마음껏 놀지 못해서 그런가? 너무 재미있어서 지금도 그만둘 수 없는 건가? 부정적으로 말하고 있는 게 아니다. 자신 안의 아이다운 부분을 언제까지나 활성화시킨다는 것은 아주 중요하다. 아이들의 놀이만큼 창조적인 것은 아마도 없지 않을까.

요한 하위징아나 로제 카이와 같은 철학자가 말했듯이,

놀이는 인간 활동의 가장 중요한 요소를 차지한다. 의학이든 뭐든, 연구에는 놀이의 연장 같은 데가 있다. 즐겁지 않으면 계속할 수가 없다. 생기 넘쳐 보인다고, 어린아이처럼 천진해 보인다고 할 수도 있겠지만, 연구자들 중에는 '다 큰 아이' 같은 사람이 적지 않다. 원래 '나잇값도 못 하고' 하는 일만큼 가슴 두근거리는 것은 없다. 가끔은 "다 큰 어른이……" 하고 못마땅한 소리를 들을 것 같은 놀이에 푹 빠져보는 것도 좋은 것이다.

숙명론과 인과론

지금, 페루에 와 있다. 남반구여서 한여름이지만 기온은 그렇게 높지 않아 기분이 상쾌하다. 아무리 버텨보려 했지만 추운 건 도저히 못 견디겠다 싶었는데, 엄동설한에 뉴잉글랜드를 빠져나올 수 있어서 다행이다. 공항 밖으로 나오니 촉촉함을 머금은 바람이 나를 감싼다. 한껏 움츠렸던 근육이 풀리면서 온몸으로 혈액이 느릿하게 퍼져가는 순간의 감각은 비할 데가 없다.

두툼한 코트를 벗고, 겹겹이 껴입은 스웨터와 셔츠를 벗고, 반팔 티셔츠 차림으로 마중을 나와준 차에 올라탄다. 운전사는 다니구치 씨다. 서른 중반쯤 되었을까. 일본식 이름이지만 스페인어밖에 할 수 없고 얼굴 생김새도 혼혈의 느낌이 든다. 늘 조용히 미소를 짓고 있어 그런지 부처님 같은 분위기가 느껴진다. 공항에 마중을 나온 인파 속에서 그의 얼굴을 발견하니 마음이 놓인다.

숙박지는 예전에 한 번 묵은 적이 있는 호텔 세뇨리얼이다. 중앙 정원을 둘러싸고 있는 아담한 유럽풍 호텔로, 3성급이라서 근사하진 않지만 편안한 느낌을 준다. 맨 처음 페루에 왔을 때는 미국계 대형 호텔에 묵었는데, 근처 클럽이 시끄러워 현지인에게 다른 호텔을 찾아 달라고 부탁했다. 그때 묵었던 곳이 여기인데 마음에 쏙 들었다. 중앙 정원에는 잔디 주변으로 불꽃나무가 줄지어 서 있어 늘 새소리가 들려온다. 정원 오른쪽 한구석에 서 있는 나무 뿌리 쪽에는 항아리가 놓여 있는데, 오키나와에서 조상신에게 제를 올리는 곳에서 느껴지던 것처럼 신성한 분위기가 감돈다.

페루에는 일본의 국제협력기구 JICA의 프로젝트 전문가 어드바이저로 파견되었다. 대략 2주 정도 머물 예정이다. 2년 반 전에 이번 프로젝트 자문가로 처음 왔고, 이번이 세 번째 파견이다. 그때는 일본에서 바로 와, 계절은 물론 아침저녁까지 뒤바뀌는 바람에 시차 적응을 하느라 고생을 했다. 하지만 이렇게 뉴욕에서 오니 시차도 없고 몸이 더할 나위 없이 가뿐하다. 납덩이 같은 졸음과 온몸의 나른함을 물리치며 참석하는 오후의 회의만큼 여행에서 피하고 싶은 건 없다.

'페루의 인권 침해 및 폭력 피해 주민에 대한 포괄적 헬스 케어 강화 프로젝트'라는 이름으로 3년에 걸쳐 진행되는 프로젝트로, 폭력으로 트라우마를 겪은 피해자를 케어할 수 있는 보건 전문가 인재 양성을 주된 목적으로 하는 것이다. 국제협력기구에서 정신보건은 여전히 새로운 분야다. 지금은 재해나 사고가 발생했을 때 이루어지는 긴급 지원 중 심리 치료에 관심이 점점 집중되고 있고, 실제로 치료가 이루어지고 있기도 하다. 하지만 이 프로젝트는 좀 더 장기적인 효과를 목표로 하고 있다. 이번 파견은 이 프로젝트의 마무리 과정으로, 국제 세미나가 개최되고 최종 보고서 작성에 필요한 준비가 이루어졌다.

지난번 파견 때는 프로젝트가 시작된 지 얼마 되지 않았을 때라 상황이 무척 혼란스러웠다. 보건청이나 지방자치 단체, 대학이나 연구소 등 여러 기관이 관여하고 있어 각자의 정치적 생각도 얽혀 있는 것 같았기 때문에 프로젝트가 순조롭게 진행될지, 정말로 효과를 낼 수 있을지 무척 걱정스러웠다.

나도 전문가로서 몇 가지 의견을 내놓았는데, 그 후 어떻게 진행되고 있는지 무척 궁금했다. 그때그때 진행 과정을 보고 받고 있기는 했지만 현지에서 직접 보지 않으면 실제 상황은 알 수 없다.

국제 세미나에서 안면 있는 여러 관계자들을 만나고 성

과를 듣는 동안 나는 정말 기뻤다. 계획이 착실하게 실행되고 있었을 뿐 아니라, 이 프로젝트를 통해 관계자나 참가자들이 많은 것을 배우고 거기에 자신들의 아이디어까지 덧붙여 더 새로운 활동을 계획할 정도까지 되었기 때문이다. 한 의학부 교수는 폭력 피해자를 위한 케어를 대학 커리큘럼에 도입하는 계획의 책임자였는데, 면역학 전문이라 처음에는 폭력이나 트라우마에 대해 아무것도 몰랐는데도 이번 세미나에서 중남미 여러 국가들의 폭력 피해에 대한 설명을 훌륭하게 해냈다. 모자 보건 전문가 한 명은 모자의 건강이 폭력과 깊은 관계가 있다는 것에 주목하고, 가정 폭력 피해자인 임산부가 어디서나 도움을 받을 수 있도록 하는 지원을 계획하고 있었다.

그리고 나는 내가 3년 전에 내놓은 의견이 다행히 빗나가지 않았다는 것, 프로젝트를 성공으로 이끌었다고 할 수는 없지만 적어도 하나의 요인이 되었다는 것을 알고 가슴을 쓸어내렸다. 그때까지 나는 민간 단체를 위해서만 일해왔기 때문에, 프로젝트가 나라 전체에 초래할 수 있는 영향을 넓은 시야로 바라보며 의견을 낸다는 것은 무척 도전적인 일이었기 때문이다.

사람은 누구나 자신이 내린 판단이 옳았는지 아닌지 알고 싶어 한다. 전문가라고 해도 그 사람의 의견이나 제안이 정말로 옳았는지 어떤지는 알 수 없다. 다른 분야의 전문가가 전혀 다른 의견을 말했다면, 그쪽을 따르는 편이 어쩌면 성공할 가능성도 있다. 또 같은 분야의 전문가라고 해도 학파나 개인적 관심, 가치관 등에 따라 의견이 크게 갈리는 경우도 있다. 시험 문제처럼 누군가 정답을 갖고 있어 시험이 끝나면 '해답'을 알게 되는 것이 아니다.

현지 관계자의 목소리를 찬찬히 듣고 존중할 필요도 있다. 현지 관계자라고 해도 각자의 입장에 따라 대립되고 모순되는 의견이 다양하게 나온다. 그중에 어느 것을 우선해야 할지 가르쳐주는 매뉴얼 같은 것도 없다.

결국 자신의 판단이 옳았는지 어떤지는 시간이 흐르지 않으면 알 수 없다. 게다가 시간이 흘러도 알 수 없는 경우도 많다. 대개의 일은 여러 가지가 복잡하게 얽혀 있다. 장기적인 효과를 목표로 하는 프로젝트일수록 관련 요인이 많아지고 상호작용도 늘어난다.

프로젝트를 움직이는 것은 사람이고 프로젝트가 움직이게 하려는 것도 사람이다. 사람은 생각대로 움직여주지 않는다. 사람에게 동기를 부여하고 의욕을 갖고 행동하게 하려면 어떤 인센티브가 있어야 할까. 누구에게 어떤 정보를 주어야 행동 변화가 일어날까. 누구와 누구를 연결해야 일이 계속 이어질 수 있을까. 예측은 어렵고, 가장 신경이 쓰이는 것도 사람과 관련된 부분이다.

당연한 말이겠지만, 프로젝트에 관련된 사람들은 저마다 자신의 인생을 안고 살아간다. 프로젝트에만 매달려 있는 것도 아니고, 프로젝트만을 위해 살고 있는 것도 아니다. 이 프로젝트가 진행되는 동안 그들 모두 확실하게 세 살을 더 먹었다. 전직이나 결혼, 출산, 발병 등 신변에 변화가 생긴 사람도 있다. 이 프로젝트와 관계를 맺음으로써 다들 조금씩 무언가가 변했지만, 또한 동시에 프로젝트와 무관한 곳에서는 저마다 자신만의 삶의 발자취를 남기며 걷고 있다.

그때 마침 한 친구가 숙명론과 인과론에 대해 들려주었다. 숙명론자는 "당신의 미래는 정해져 있어. 만약 폭탄에 맞아 죽는 걸로 정해져 있다면, 아무리 방어책을 마련한다 해도 죽어. 죽지 않는 걸로 정해져 있으면, 방어책이 없다 해도 죽지 않아" 라고 말한다. 그에 대해 인과론자는 "방어책이 있으면 죽지 않고, 없으면 죽는 거야" 라고 말한다.

숙명론과 인과론의 대립은 사실 서로를 모방하고 있는 거야, 하고 그 친구는 주장을 이어가지만, 난해한 이야기여서 내게는 그걸 요약할 만한 능력이 없다. 다만 숙명론도 인과론도 트라우마를 다루는 장면이나 의료 현장 전반에서 자주 사용되고 있다는 것을 깨닫는다. 사고를 당하거나 중병에 걸리는 데는 원인이 있다. 또한 동시에 원인이 없다. 회복할 수 있을지 어떨지는 노력에 달렸을 수도 있고, 운에 달렸을 수도 있다. 과거를 받아들이고 또한 동시에 미래를 향한 희망을 놓지 않으려면, 어쩌면 적당한 정도의 무력감(=숙명론)과 적당한 정도의 만능감(=인과론)을 갖춰야 할 필요가 있다. 그렇게 양쪽을 다 가지면서 좀 더 자신이 납득하기 쉬운 쪽, 살아가기 편한 쪽을 그때그때 상황에 맞게 구분해서 쓰는 것이 중요하다.

사람은 누구나 자신이 옳았는지 아닌지 알고 싶어 할 뿐 아니라, 자신이 그 자리에서 의미 있는 역할을 했는지 어떤지, 자신이 관여하면서 무언가 차이를 만들어낼 수 있었는지를 확인하고 싶어 한다. 하지만 그것 또한 확실한 정답은 없고 자기 나름의 방식으로 받아들일 수밖에 없는 것이다.

프로젝트의 마무리를 축하하는 자리에서 다니구치 씨가 "제가 이 일을 하게 되면서 가장 많이 배운 것은 시간 엄수였습니다. 8시라고 하면 8시에 딱 맞춰 가야 했거든요. 페루의 시간 감각으로 행동하면 안 되겠구나 하고 매번 깨달았습니다. 이제는 거기에 완전히 익숙해져서 가족들이 시간을 안 지키면 짜증이 나요"라는 인사말로 시작해 사람들을 웃게 했다. 왠지 상징적인 이야기라는 생각이 들었다.

이 프로젝트는 어느 근본적인 레벨에서 다니구치 씨라는 인간을 바꿔버렸다. 그의 신체에는 이제 분 단위의 시간 감각이 배게 된 것이다. 그것은 그가 앞으로 수입이 더 나은 일을 얻는 데 분명 큰 도움이 될 것이다. 하지만 그는 이제 예전의 그로 돌아갈 수 없다. 느긋하게 여유를 부리며 시간을 즐길 수 없게 된 것이다. 우리는 그를 바꿔버렸다. 거기에는 분명한 인과관계가 있다. 하지만 우리를 만나지 않았다 하더라도 다니구치 씨는 다른 일로 인해 언젠가는 그렇게 변했을지도 모른다. 그것이 현대를 살아가는 그의 역사적 숙명인지도 모른다. 우리는 다니구치 씨를 행복하게 했을까. 불행하게 했을까. 그 답은 아무도 알 수 없다.

접대와 감정노동

들어섰을 때부터 뭔가가 다르다는 느낌이 들었다. 왠지 모르게, 따뜻하다. 남국의 섬에 와 있는 느낌이다. 얼마 전 탑승한 국제선 기내에서의 일이다.

미국 항공사의 서비스는 최근 몇 년 사이에 심하게 나빠졌다. 체크인할 때의 대응, 스낵이나 기내식의 음식, 그리고 객실 승무원의 태도도 그렇다. 물론 출발 시각이 종종 지연되는 건 서비스 저하라기보다는 테러 대책에 따른 보안이 강화되어서일 것이다. 하지만 그렇게 한참을 기다리며 속을 태우다가 겨우 출발한 기내에서 내던지듯 던져주는 땅콩 봉지를 받을 때는 참으로 우울해진다.

그런데 그날 기내에는 푸근한 느낌의 아시아계 미국인 아저씨들 몇 명이 객실 승무원으로 근무하며 웃는 얼굴로 승객들을 자리로 안내하고 있었다. 아기를 안고 있는 여성을 티 내지 않고 도와주기도 하고 우스꽝스러운 표정을 지으며 아기를 어르는 모습을 보니 집에서는 다정한 아버지이겠구나 하는 생각이 절로 들었다. 내가 꾸벅꾸벅하며 독서등을 끄려다가 실수로 승무원 호출 버튼을 눌렀을 때는, 곧장 다가오더니 싫은 표정 하나 짓지 않고 웃는 얼굴로 괜찮다며 제자리로 돌아갔다. 승무원끼리도 미소를 주고받으며 화기애애하게 서로 도우며 즐겁게 일하는 모습도 보기 좋았다.

여느 때라면 그 노선에서는 몸집이 큰 백인 중년 여성 승무원이 언짢은 듯한 표정으로 기내식을 나르는 것이 보통이다. 최소한의 단어로만 말을 걸며 "플리즈"도 뭐도 없다. 난 서비스하고 싶어서 하는 게 아니에요, 라는 분위기가 태도에서 고스란히 느껴진다. 미리 말해두지만, 나도 엄연한 '중년 여성'이고 젊고 예쁜 스튜어디스에게 접대를 받고 싶다는 말이 절대 아니다. 멋지고 젊은 남자 승무원의 서비스를 받고 싶다는 것도 아니다(그것도 나쁘지는 않겠지만). 백인이든 아니든 아무 상관이 없고, 몸집이 크든 아니든 몸에 맞는 사이즈의 승무원복을 입고 민첩하게 움직일 수 있으면 아무 문제가 없다.

예전에는 비행기 승무원이라고 하면 스튜어디스, 스튜어디스라고 하면 '젊고 아름다운 여성'이라는 것이 암묵적으로 통했다. 비행기라는 것이 아직은 특별하고 비일상적인 공간이었을 무렵, 승객의 대부분은 여유롭거나 전문직 남성이었기 때문일지도 모른다. 그러다가 투어 여행객들을 비롯해 일반 대중들이 비행기를 이용하게 되면서 승무원의 역할이나 위상도 변해갔다.

그러면서 여성들이 계속 일할 수 있는 권리를 주장하게 되고, 법적 보호에 따라 서서히 승무원의 연령이 높아졌다. 외모가 예쁜지 아닌지로 고용을 결정하는 것도 (적어도 미국에서는) 차별에 해당해 법에 저촉되게 되었다. 체형에 관해서도 업무에 지장이 없는 한, 살이 아무리 쪘어도 해고는 위법이라는 미국의 판결문을 읽은 기억이 있다.

남성 승무원이 늘어나게 된 이유는 확실히 모르겠지만 아마도 항공회사가 저마다 경영난에 허덕이며 인원 감축이 진행되는 가운데, 계속 일하려고 하는 남녀 사이에 업무 쟁탈이 치열해진 탓이 아닐까 하는 생각도 든다. 남성의 직장에 여성이 진출한 만큼, 지금까지 여성의 직장이라고 여겨졌던 영역(그중에는 업무 내용에 비해 임금이 낮은 일도 많다)에도 남성(특히 소수 집단의 남성)이 들어오게 된 것이다.

요즘 나는 비행기를 타면서 누리기 어렵다는 건 알지만 그래도 내심 바라는 것이 있다. 그런데 이번 탑승에서 드물게도 그것을 누릴 수 있었고, 그것이 바로 '호스피탈리티(hospitality) = 환대'였다는 말을 하고 싶은 것이다.

그렇다면 '호스피탈리티'란 무엇일까? 웃는 얼굴. 상대방에게 안심감을 주고, 자신이 보살핌을 받고 있다는 느낌이 들게 하는 것. 유머. 마음이 서로 통하는 것. 차분함과 온화함, 느긋함을 제공하는 것. 즐겁고 풍요로운 느낌이 들게 하는 것.

물론 나는 그런 호스피탈리티를 내심 바라고 기뻐하면서도, 또 한편으로는 그들에게 그것을 기대해도 괜찮은 것일까 하고 어딘지 모르게 개운치 않은 마음도 든다.

'감정노동'이라는 말이 있다. 사람을 상대로 하는 일을 할 때, 노동자가 자신의 감정이나 표현을 적절히 유지함으로써 상대방의 감정을 조정하는 것을 말한다. 예를 들면 간호사가 늘 웃는 얼굴이나 다정한 태도로 환자를 대하는 경우가 그런 것이다. 몸을 쓰는 '육체노동'이 있고 머리를 쓰는 '두뇌노동'이 있듯이, 마음을 쓰는 것이 '감정노동'이라고 생각하면 가장 이해하기 쉬울 것이다.

그리고 이 감정노동은 다양한 직종에서 요구되고 있는데도 불구하고 노동으로 인식되고 있지 않아 심신의 부담에 걸맞은 임금을 받지 못한다. 특히 여성은 마음을 쓰는 사람이라는 인식이 당연시되어 있어, 여성에게 적합하다고 여겨지는 직업 중에는 감정노동이 당연히 포함되어 있는 경우가 많다. 나는 어떤 햄버거 체인점의 홍보에서 '스마일 0원'이라는 문구를 볼 때마다 '감정노동'이라는 말을 떠올린다. 일하는 사람의 마음이 경영 전략 아래에서 상품화되고 있는 것에 감정노동이 연결되어 있다.

이 감정노동이라는 개념은 사회학자 앨리 러셀 혹실드에 의해 만들어진 것인데, 그는《감정노동》이라는 저서에서 항공사 승무원에 대해 자세히 분석하기도 했다. 이 책이 나온 것이 1983년이니까 비행기 여행이 지금처럼 일반적인 시대는 아니었다고 할 수도 있다. 혹실드는 감정노동을, 표면적으로만 역할을 연기하는 '얕은 연기'와, 진심으로 그 역할을 다하려고 애쓰는 '깊은 연기'로 분류한다. 그리고 사람은 깊은 연기를 계속하게 되면 자신의 본래 감정을 알 수 없게 된다는 등의 폐해를 지적하고 있다.

그때와 비교해보면 지금은(특히 미국에서는) 비행기 승무원이 과잉 감정노동을 하지 않아도 괜찮다고, 또는 감정노동을 착취당하는 일이 없어졌다고 말할 수 있을지도 모른다. 게다가 항공사마다 다들 경영 재정비로 인해 승무원의 업무 조건이 나날이 열악해지고 있는 것 같으니 생글생글 웃고 있을 기분이 들지 않는 것도 당연한지 모른다.

하지만 그럼에도 불구하고, 환대의 정신을 조금은 남겨두면 좋겠다는 마음이 든다. 프로인 만큼 자신의 일을 사랑했으면 좋겠다. 직장에 대한 불만이나 짜증이 있다 하더라도, 적어도 겉으로는 온화한 표정을 보여주었으면 좋겠다. 타인에게 자신의 감정을 그대로 드러내지 않는 것은 단지 일이기 때문이라기보다는 어른으로서의 예의가 아닐까 하는 생각이 든다.

착륙 준비를 하고 있는 승무원들의 얼굴은 변함없이 미소를 짓고 있다. 문득 '스마일 0원'이라는 것을 의료 현장에 적용해보면 어떨까 하는 생각이 든다. 지금까지 의사들 중에는 '내가 당신을 진료해준다'라는 듯한 태도로 환자를 대하는 사람이 적지 않았다. 그리고 환자들은 의사의 기분을 거스르지 않도록 신경을 써야 했다. 다시 말해 환자들이 감정노동을 강요당해 왔던 것이다.

병원(hospital)과 호스피스(hospice)라는 말이 hospitality와 그 어원을 같이한다는 것은 이미 잘 알려져 있다. 일본의 병원에서도 환자를 대하는 안내 직원의 태도가 중시되고 있다. 또한 의사들에게도 의료 면접 기법이라는 형태로 환자를 대하는 적절한 태도가 요구되어지고 있다. 적어도 '얕은 연기'의 감정노동이라면 의사에게 더 많이 요구되어져도 좋다고 생각한다. 그리고 호스피탈리티를 몸에 익히는 데에는 그런 어렵고 복잡한 의료 기법을 배우기보다 '스마일 0원'이라는 스티커를 붙이는 편이 어쩌면 더 큰 효과가 있을지도 모른다.

긴 여행을 끝내고 비행기에서 내리니 의사 못지않게 호스피탈리티가 부족한 집단과 마주쳤다. 미국의 입국 심사관이다. 9·11 테러 이후 해마다 거만함과 무례함이 더해지고 있는 입국 심사 부스에도 '스마일 0원' 스티커를 붙여주고 싶다는 생각이 든다.

오른쪽인지 왼쪽인지 헷갈리는 사람들

나는 오른쪽과 왼쪽이 헷갈린다. 갑자기 "오른쪽으로 도세요" 라는 말을 들으면 순간 어느 쪽으로 돌아야 할지 몰라 우물쭈물하고, 에스컬레이터를 탈 때도 앞에 누가 서 있지 않으면 왼쪽에 서야 할지 오른쪽에 서야 할지 잠깐 머뭇거린다. 특히 간사이와 간토 지방은 에스컬레이터에 서는 쪽이 달라서, 7년 전 오사카에서 도쿄로 이사 왔는데 지금도 헷갈린다 (7년이 지났는데 그렇다면 아무래도 문제가 있는지도……). 중학생 때 선생님이 "오른손 들어"라고 했는데 나 혼자 왼손을 들어 아이들의 웃음을 산 기억이 지금도 생생하다.

그래서 오른손잡이인지 왼손잡이인지 또는 두뇌의 좌우가 어떻게 차이가 나는지에 늘 관심이 많았는데, 최근에 친구가 알려준 재미있는 인터넷 영상을 보고 더 흥미로워졌다.

영상은 하버드 대학의 연구자였던 뇌 과학자 질 볼트 테일러가 자신이 겪은 좌뇌 뇌출혈 체험에 관한 강연이었다.

어느 날 아침에 두통을 느낀 그녀는 그 후로 자신이 말을 하고 몸을 움직이고 뭔가를 생각할 때 조금씩 문제가 생기고 있다는 것을 알아차린다. '아, 큰일 났다. 무슨 수를 써야 해!' 하고 생각하면서도 동시에 '뇌 과학자가 뇌출혈을 자기 몸으로 직접 경험할 수 있다니, 이건 정말 굉장한 일이야!' 하고 열심히 자신의 몸을 관찰했다. 그러는 동안 그녀는 좌뇌에서 '발화'와 '지시'가 사라지는 시간을 경험한다. 그리고 자신이라고 하는 신체의 윤곽이 사라지고, 지금 여기에, 자신이 그저 에너지로서 존재하고, 세계와 일체가 된 기쁨을 느낀다.

그녀는 겨우겨우 친구에게 전화를 걸어 병원으로 실려가 수술을 받아 목숨을 건졌고, 그 후 8년에 걸쳐 완전히 회복한다. 하지만 그녀는 뇌출혈이 일어났을 때 들여다본 우뇌의 세계, 아름답고 행복한 '열반의 세계'를 매우 소중히 생각한다. 그리고 사람들이 좌뇌에서 벗어나 우뇌의 세계를 느끼기를 선택하게 된다면, 세상은 더 멋진 장소가 되지 않을까 생각한다며 강연에서도 역설한다.

그녀에 따르면, 우뇌는 병렬 처리기로, 지금 자신이 여기에 있는 존재감을 이미지나 신체의 오감으로 받아들이고, 에너지적 존재로서 사람들과 서로 연결되고, 세계와 일체가 되어 세상을 느낀다고 한다. 한편 좌뇌는 직렬 처리기로, 지금 자신이 받아들이고 있는 정보의 세세한 내용을 과거의 정보와 조회하여 장래의 가능성과 결부시켜 분류하고, 그다음에 현재 자신이 해야 할 일을 판단하고 지시한다고 한다. 또 좌뇌에서는 타자와 거리를 둔 분명한 윤곽을 가진 개인으로서 자신을 느낀다고 한다.

이것은 프린스턴 대학의 심리학 교수였던 줄리언 제인스가 쓴《의식의 기원》에 나오는 '양원적 정신(Bicameral Mind)'을 떠올리게 한다. 3천 년도 더 전의 인류는 의식도 없고 '나'라고 하는 개념도 없어, 우뇌에서 일어나는 비언어 활동을 좌뇌가 신들의 목소리로 받아들여 그에 따라 행동했다고 하는 주장이다. 한때 일본에서 유행했던 '우뇌혁명' 같기도 하다. 아마 하버드의 뇌 과학자나 프린스턴의 심리학자의 말이 아니었다면 터무니없는 주장으로 여겨질 것도 같다.

정말로 우뇌와 좌뇌는 그렇게 다른 것일까? 그렇다면 왼손잡이인 사람은 어떨까? 그리고 나처럼 오른쪽과 왼쪽을 헷갈려 하는 인간은 어떨까? 내 경우는 공을 던지거나 드리블할 때는 왼손을 쓰지만 그 밖의 경우는 오른손을 쓴다. 왼손잡이가 아닌가 생각할 때도 있지만, 억지로 오른손을 쓰도록 교정 받은 적은 없다.

좀 더 조사해보고 싶어졌다. 가슴이 설렌다. 나는 평소에 늘 트라우마라는 무거운 주제를 다루고 있어서 그런지 가끔 세상이나 인간을 믿지 못할 때가 있는데, 그럴 때는 나 자신이 블랙홀처럼 어두운 인간이 되어버린 것 같은 기분이 든다. 그래서 이런 두뇌 체조 같은 느낌이 드는 리서치를 할 때가 즐겁다.

내가 가진 책 중에 《호모 레프트, 왼손잡이가 세상을 바꾼다》라는 것이 있어 꺼내보았다. 왼손잡이 저널리스트인 데이비드 울먼이 세계의 전문가들을 찾아다니며 왼손잡이의 수수께끼를 풀어가는 내용이다. 일본에 거주한 적도 있는지 도쿄대학의 연구자를 찾아가기도 하고 가루이자와의 레프티 골프 대회에 초보자로 참가한 경험을 유머러스하게 쓰고 있어 술술 읽힌다.

그 책에 따르면, 왼손잡이는 인구의 10~12퍼센트로 남성의 비율이 좀 더 높다. 왼손잡이 아이가 태어날 확률은 부모 둘 다 오른손잡이일 때 9.5퍼센트, 한쪽이 왼손잡이일 때는 19.5퍼센트, 부모 둘 다 왼손잡이일 때는 26.1퍼센트라고 한다. 언어중추가 좌뇌에 있는 것은 오른손잡이일 경우는 99퍼센트이고, 왼손잡이일 경우는 70퍼센트로, 나머지는 우뇌에 있거나 좌우 양쪽에 걸쳐 있다. 언어를 갖지 않는 침팬지도 약 70퍼센트가 오른손잡이이다. 앵무새의 90퍼센트는 물건을 집어 올릴 때 오른쪽 발을 쓴다. 문어도 자주 쓰는 발이 있다.

책 후반부에는, 왼손잡이와 오른손잡이 사이의 두뇌 차이보다는, 어느 한쪽 손을 더 많이 쓰는 경우와 양손잡이 사이에서 보이는 차이가 더 크다는 이야기가 나온다. 내가 알고 싶어 하는 부분이 나온 것이다. 그 책에 따르면, 어느 한쪽 손을 더 많이 쓰는 사람일수록 뇌량(腦梁)이 작고, 뇌량이 크면 뇌반구 사이의 교류가 활발해지고, 양손의 협력이 필요한 동작(예를 들면 바이올린 연주 등)은 양손잡이가 더 잘 해내고, 양손이 따로따로 움직이는 동작(예를 들면 드럼 연주 등)은 반대쪽 뇌의 간섭을 적게 받는, 즉 어느 한쪽 손을 더 많이 쓰는 사람이 잘 해내는 모양이다.

아쉽게도 그 뒤에는 다시 오른손잡이와 왼손잡이를 비교하는 내용으로 돌아가지만, 그래도 여러 가지 흥미로운 연구 결과가 소개되어 있다. 예를 들면, 오른손잡이의 경우 숲속 사진 같은 거대한 전체상을 볼 때는 우뇌, 나무 하나하나를 보는 소규모의 사진을 볼 때는 좌뇌가 활동하고, 왼손잡이일 경우는 그 반대이다. 좌뇌는 일정한 세계관을 만들고, 우뇌는 변이나 모순에 관심을 보인다. 그

변이나 모순이 어느 한계를 넘으면 좌뇌의 오래된 세계관이 새롭게 변하고 패러다임 시프트가 일어난다. 그렇기 때문에 양손잡이는 사고를 개선하는 빈도가 높고, 진화론을 믿는 비율이 높다. 여성 쪽이 뇌량이 크지만, 남성은 개개의 뇌반구 내에서 효율적으로 정보를 전달할 수 있다. 한손잡이 쪽이 교통사고를 잘 일으키지 않는다. 양손잡이 쪽이 기억력이 좋다. 수학에 뛰어난 청년이나 어린이는 뇌의 좌우 차이가 적다. 뇌의 좌우 차이가 적을수록 마술적 사고를 하는 경향이 강하다. 마술적 사고는 정신 질환이나 창조성과 연결되어 있을 가능성이 있다. 아인슈타인은 양손잡이로 시각적인 상상력이 뛰어나고, 사후 해부 결과 뇌 구조의 좌우 차이가 매우 적었다고 한다, 등등.

음…… 재미있기는 한데 왠지 더 알쏭달쏭해진 느낌이다. 모순된 서술이나 용어 남발도 많다. 더 확실히 알고 싶어서 책에서 소개된 연구자의 사이트 등도 나중에 찾아봤지만 점점 더 복잡해져 도저히 요약할 수가 없다. 실제로 잘 알지 못하는 경우가 많고, 가설이 난립하고 있는 것 같기도 하다. 조금 전에 나열한 예도 어디까지나 통계적인 경향일 뿐이지만, 그래도 내게 들어맞을 것 같은 내용에는 관심이 가서, 좋은 이야기면 기뻐하고 안 좋으면 반론하고 싶어진다.

좌와 우는 기본적으로 이분법의 하나이기 때문에 선과 악, 우와 열, 남과 여, 전체와 부분, 아날로그와 디지털, 감성과 지성 등과 같은 다른 여러 이분법과 연결 지어 알기 쉽게 이야기를 만들기 쉽다. 테일러 씨는 강연 중에 뇌 표본을 보여주며 좌우 뇌가 얼마나 또렷이 나뉘어 있는지를 설명한다.

하지만 좌우의 뇌가 만나는 곳은 뇌량만은 아니다. 테일러 씨가 보여준 표본은 뇌간 아래쪽이 잘려 있지만, 뇌간 아래에는 척수가 있고 거기서부터 말초신경이 온몸으로 뻗어간다. 신경은 손끝, 발끝뿐만 아니라 몸 속의 장에도 있다. 그곳은 좌우 어느 한쪽에만 치우쳐 있는 경우는 없다.

어쩌면 우리의 피부나 내장도 세상을 느끼고 생각하고 있는 게 아닐까. 오른쪽과 왼쪽이 헷갈리는 나는 그런 생각을 한다. 그런 생각은 내 우뇌가 하고 있는 걸까, 아니면 양쪽 뇌가 서로 교류하고 있는 걸까, 생각하면서.

약함을 껴안은 강함

미국에서 살다 보면 영어로 표현하기 어려운 말 때문에 말을 더듬거나 애매한 문장을 중얼거릴 때가 많다.

예를 들면, '그립다' 또는 '억울하다' 같은 단어가 그렇다. 물론 번역어가 없는 건 아니지만 의미가 일대일로 딱 떨어지게 대응하지 않기 때문에, 단순히 'nostalgic'이라든가 'regrettable' 같은 말로 바꿔버리면 왠지 전달하고 싶은 뉘앙스가 깎여버리는 듯한 느낌이 드는 것이다. 또 반대로 'available'이나 'comfortable' 같은 영어 단어를 일본어로 옮길 때도 그렇다. '이용할 수 있다' 또는 '편하다'라는 번역으로 딱 맞아떨어질 때도 있지만, 그렇지 않을 때도 많아서 한참을 설명해야 할 때가 있다.

그런데 그런 불편함이나 답답함은 하나하나의 말이 가지는 의미, 그리고 내가 전달하고 싶어 하는 생각이 무엇인지 깊이 생각해보는 기회가 되기도 한다. 지금 이 글을 쓰면서도 '답답하다'라는 말을 어떻게 표현하는지 갑자기 궁금해져 사전을 찾아보니, 'impatient'나 'be irritated' 같은 말밖에 나오지 않아서 더 답답해지기만 했다.

영어에 'vulnerability'라는 말이 있다. 일상 생활에서도 흔히 쓰이지만, 유전학이나 생물학 용어로도 자주 쓰이는 말이다. 가장 일반적인 번역어라면 '취약성'이 아닐까. 또는 단순히 '약함'이라고 번역될 때도 있고 '공격 유발성'이라는 말로 옮겨질 때도 있다. 나는 지금까지 이 단어가 정말 마음에 걸리면서도 그 의미의 윤곽을 분명히 그릴 수가 없었다. 어째서 똑같은 말이 어떨 때는 '약함'이 되고 어떨 때는 '공격 유발성'이 되기도 하는 것일까? 그 약함이란 대체 어떤 종류의 약함인 것일까?

그런데 최근에 어떤 영화를 보고 'vulnerability'의 의미가 스르르 내 마음속으로 들어왔다는 느낌이 들었다. 《노스 컨츄리(North Country)》(니키 카로 감독, 2005년)라는 영화로, 실제로 미국에서 성적 괴롭힘(sexual harassment)으로 최초의 집단 소송이 일어났던 일을 바탕으로 만들어진 것이다. 주인공 조지는 10대 때 아이를 낳고 (강간에 의한 출산이었다는 것이 나중에 밝혀진다), 그 후에 결혼한 남자의 가정 폭력에서 벗어나기 위해 고향인 광산 마을로 돌아간다. 그리고 그녀의 아버지가 오래 일해온 광산회사가 여성을 고용하기 시작했다는 말을 듣고 자립하여 아이를 키우기 위해 광산에서 일을 시작한다. 하지만 그녀는 그곳에서 잇달아 굴욕적인 성희롱을 당한다. 회사의 고위 관리부에 상황 개선을 요구하다가 해고를 당해 소송하려고 하지만, 사태가 더 악화하는 것을 두려워한 동료 여성들은 그녀를 도와주지 않는다. 배우 샤를리즈 테론이 그런 사면초가 속에서 굴하지 않고 싸워나가는 조지 역할을 맡아 멋지게 연기하고 있다.

영화는 정말 좋았지만, 사실 보고 있는 동안은 너무 괴로워서 끝까지 보고 있기가 힘들었다. 나는 임상에서 성폭력이나 가정 폭력 피해자를 진료하는 일이 많다. 그래서인지 몰라도 아무래도 영화 속의 여성들과 그들이 모습이 오버랩되어 보일 때가 많았다. 하지만 단지 그뿐만은 아니었다.

일본에서 이 영화가 개봉되었을 때는 원제와 달리 《스탠드 업》이라는 제목이 붙여졌다. 제목처럼 '일어서다' 또는 '대항하다'라는 말을 들으면 남자 못지않게 씩씩한 여성의 이미지가 떠오른다. 하지만 조지는 전혀 씩씩하지 않다. 아들 앞에서 눈물을 펑펑 쏟기도 하고, 술집에서 선정적인 춤을 추며 술에 만취해 비틀거리기도 한다. 시찰하러 온 사장이 다정하게 건넨 말을 곧이곧대로 받아들여 본사에 혼자서 들어가는 모습은 마치 어린아이처럼 순진하다. 게다가 아름다운 배우가 연기하니까 당연하겠지만, 탄광 작업복을 입고 있어도 어딘지 모르게 섹시하다.

그런 그녀를 보고 있으면 마음이 조마조마하다. 아, 그렇게 빈틈을 보이면 금방 피해를 당할 거야, 남에게 이용당하게 된다고, 그러다가 무슨 일이 생길지도 모르는데……, 하고 여성인 내가 보고 있어도 그런 생각이 든다. (남성의 입장에서 보면 어쩌면 그렇기 때문에 더더욱 '마음이 끌리는'지도 모른다. '마음이 끌리는 것'과 '당하기 쉬운 것'은 서로 분명 깊은 관계가 있지만, 시작하면 이야기가 길어질 테니까 여기서는 이 정도로 하겠다.)

그런데 그렇게 조마조마하고 있는 나 자신을 깨닫자, 문득 '아, 그렇구나, 빈틈이 있다는 것, 이용당하기 쉽다는 것, 그게 바로 '취약하다(vulnerable)'라는 것이구나' 라는 생각에 다다른 것이다. 그 사람 자체가 약한 것이 아니다. 단지 방어력이 부족하고, 그 결과 남의 공격을 받기 쉬운 상태가 되는 것이다. '빈틈이 있다' 또는 '이용당하기 쉽다' 라는 말은 학술 논문에서는 사용할 수 없지만, 의미를 따져 보면 그렇다는 것이다.

'취약'한 사람이 위험한 곳을 아무렇지도 않게 돌아다니고 있으면, 주변 사람은 마음이 조마조마해져서 그 사람에게 화를 내기 마련이다. 순수하게 남을 믿고, 누구에게나 쉽게 마음을 여는 사람에게도 마찬가지다. 특히 자신의 약점을 공격당한 적이 있어 그 후로 늘 무거운 '갑옷'을 입은 채 걸어온 사람은, 자신의 약함을 온통 드러낸 채 살아가는 사람을 보면 "세상이 그렇게 만만해 보여?", "사는 게 우스워?" 하며 화를 내기도 한다.

그렇다면 남에게 공격당하지 않기 위해서는, 설령 공격당한다고 해도 상처를 입지 않기 위해서는 '갑옷'을 몇 겹이나 껴입어야 마음이 놓이는 걸까? 그리고 '갑옷'을 몇 겹이고 껴입는 방법은 정말로 효과가 있는 걸까?

물론 '갑옷'에도 여러 종류가 있다. 자신의 몸을 단련하는 것. 굳은 표정으로 사람을 노려보고, 어깨를 펴고 걷는 것. 호신술을 익히거나 무기를 지니고 다니는 것. 섬세한 감수성을 무디게 만들고, 솟구치는 감정을 억누르고, 뻔뻔스럽게 살려고 하는 것. 매사에 빈틈이 없고, 리스크 관리를 게을리하지 않는 것. 자격증을 많이 따두고, 실적을 쌓고, 사회적 지위를 확보하는 것. 조직의 강한 일원이 되는 것. 외부에서 누군가 들어오는 것을 제한하는 것……. 의료와 관련하여 말하면 항생물질이나 항균제를 다용하는 것, '대사 증후군'을 열심히 예방하는 것, 유전자 진단으로 미래를 예측하려고 하는 것 등이 아닐까.

하지만 아무리 '갑옷'을 껴입고 과잉 방어를 한다고 해도, 인간이든 생물이든 사회든 취약함에서 벗어날 수는 없다. 미래는 언제나 그렇듯 불확실하고, 걱정과 불안을 없애는 것은 불가능하고, 백 퍼센트의 안전이란 있을 리가 없다. 특히 의료 현장은 병이나 상처, 장애, 노화 같은 취약함을 다루는 영역이다. 그렇기 때문에 의료 문화는 더더욱 그 취약함을 받아들이고 어루만지며 또한 동시에 그것과 계속해서 싸워나가야만 한다. 약함을 극복하는 것이 아니라 약함을 껴안은 채 강하게 살아갈 수 있는 길을 찾아야 하는 것이다.

미국의 네오 리버럴리즘(신자유주의)은 일본에도 큰 파급을 가져오고 있다. 약함을 이용하는 것을 비즈니스의 비결이라고 하며 칭찬하는 것인데, 이것이 위험한 이유는 약함을 있는 그대로 존중하는 문화를 무너뜨리기 때문이라고 나는 생각한다. 그리고 의료를 비즈니스 모델로 인식하는 것이 위험한 이유는 병이나 상처를 얻은 사람의 약함을 기회로 이용하는 것만큼 손쉬운 것이 없기 때문이다.

그렇다면 정말로 '악화는 양화를 구축'하는 것일까? 우리는 약육강식의 법칙에 따라 살아갈 수밖에 없는 것일까? 나는 그렇지 않다고 생각한다. 약함을 껴안은 채 살아갈 수 있는 세상을 원하는 사람도 많다. 약함 그 자체를 존중하려는 사람, 사랑스럽다고 느끼는 사람도 많다. 그 약함 역시 인간이 가진 본성 중의 하나라고 생각한다. 만약 그렇지 않다면 약한 사람은 벌써 오래전에 도태해버렸을 테니까. 희망을 없앨 필요는 없다.

어쩌면 이 영화 역시 약함을 안고 있는 사람이 그 모습 그대로 강하게 살아갈 수 있는 길을 보여주고 있는 것이 아닐까. 이기기 위해서 무장하고 대항하는 것도 아니고, 자신의 권리를 지키기 위해서 '갑옷'을 껴입고 방어하는 것도 아니다. 보란 듯이 일어서고 싶은 것도 아니다. 그저 나답게 살고 싶을 뿐이다. 싸우고 싶지 않지만, 내가 살아갈 보금자리와 존엄을 빼앗기고 싶지 않을 뿐이다. 여자다움을 버리지 않고, 또한 동시에 계속해서 싸워나가는 것은 약함을 껴안은 자신을 사랑하면서, 또한 끝까지 살아남는 것이기도 하다.

일본에서 붙인 '스탠드 업'이라는 제목은 오로지 강함만을 강조하는 것 같아서 나는 좀 위화감이 느껴진다. 영화의 원제는《노스 컨츄리》인데, 원래의 제목이 번역에 의해 뉘앙스가 깎인 듯한 느낌이 들기도 한다. 영화는 미네소타 겨울 광산의 무섭도록 혹독한 자연을 그리고 있다. 그 영상은 광산 노동자들의 모습뿐만 아니라 그 거친 땅에서 살아가려던 인간들이 가진 본래의 취약함과 고귀함도 보여주고 있는 것이다.

여성다움과 남성다움

"고민을 상담할 때, 여성은 자신의 감정을 알아주기를 바라는 데 비해, 남성은 문제를 해결하고 싶어 해요."

뉴욕에 거주하는 일본인을 대상으로 헬스 위크라고 하는 행사가 열린 적이 있다. 일본 총영사관과 일본계 미국인 모임 등과도 관련이 있는 JAMSNET*과 고령자 문제 협의회라는 단체가 주최한 행사로, 장수의 비결에 대한 강연회, 요가나 훌라 댄스, 종이접기 아트 세라피 등 재미있는 프로그램이 잇달아 소개되었다.

나는 마지막 날의 워크숍에 해설자로 초대를 받았다. 그날의 주제는 '갈등을 생각하다'였다. 인간관계 속의 갈등과 충돌, 트러블에 대해 '세대 및 부모와 자녀 사이', '남녀 사이', '이웃과 직장 동료 사이' 등 세 가지 그룹으로 나

* 해외 거주 일본인의 의료 지원을 목적으로 하는 네트워크.

누어서 활발한 토론을 벌였다. 강연 중간중간에 역할극을 하기도 했는데 실감 나는 연기에 다들 웃음이 끊이지 않았다.

젠더 문제는 내 전문 분야 중 하나이기도 해서 남녀 간의 갈등에 대한 이야기는 특히 관심을 가지고 들었다. 그런데 강사의 이야기를 듣는 동안, 이건 여자니까, 그건 남자니까, 하고 딱 잘라서 설명할 수 없는 게 아닐까, 하는 생각이 자꾸 들었다. 역할극을 보면서도 나는 오히려 나 자신이 남성 쪽에 가까운 행동을 하는 사람이구나 하고 깨닫기도 했다.

여성과 남성, 그 차이와 어긋남은 영원한 논제이다. 성의 차이에 대해서는 뇌 연구도 활발해서 다양한 설이 나와 있다. 서점에 가면《말을 듣지 않는 남자, 지도를 읽지 못하는 여자》같은 책들이 줄줄이 꽂혀 있다.

그러나 남녀의 차이는 대개 통계적인 차이에 지나지 않을 뿐, 개인차가 많다. 여성과 남성의 평균 신장에 차이가 있는 건 사실이지만, 키가 큰 여성도 키가 작은 남성도 많다는 것 또한 사실이다. 여성과 남성의 뇌 차이도 마찬가지여서, 뇌가 다르다고 해서 타고날 때부터 다른 것도 아니고 나중에 바뀌지 않는다고 말할 수도 없다. 뇌는 가소성을 가지고 있고, 생물과 인간의 오랜 역사 속에서 서서히 형성되어 왔으며, 한 사람 한 사람 저마다 환경이나 발달 과제에 적응하면서 유연하게 만들어지는 것이기 때문이다.

강의를 들으면서 나는 나 자신이 어떤 경우에 '남성적'인 행동을 하고 있는지 생각해보았다. 그리고 거기에는 '업무 모드'인지 아닌지가 남녀 간의 성 차이보다 더 크게 영향을 미치는 것이 아닐까 생각했다.

일을 한다는 것은 쌓여 있는 과제를 처리해간다는 것이다. 물론 일에서도 인간관계는 중요하지만, 그것은 과제 수행을 위해 필요한 것이며 인간관계를 유지하는 것 자체가 목적은 아니다. '업무 모드'에서 필요한 것은 효율적이고, 논리적이고, 자신의 유능함을 보여주고, 경쟁에 이기는 것 등이다. 그러기 위해서는 냉정하고, 개인적인 사정을 드러내지 않는 것도 요구된다. '서로의 감정을 알려고 하는 것'은 그것이 업무의 한 부분인 경우(예를 들면 심리상담 등)를 제외하면 필요하지 않은 건 물론이고, 오히려 방해가 되는 경우도 많다. 여성이라고 해서 자신의 감정을 알아주었으면 하는 목적으로 업무상의 대화를 나누지는 않을 것이다.

'업무 모드'란 바꿔 말하면 공적인 자리에 있다는 말이기도 하다. 공적인 자리나 직장은 대체로 남성 사양으로 이루어져 있다. 그것은 지금까지 그 자리에 여성이 없었기 때문만이 아니라, 공적인 자리에서 제대로 역할을 할 수 있는 행동규범이 남성에 내재되어, 그것이 거꾸로 '남자다움'을 만들어왔기 때문이라고도 할 수 있을 것이다.

거기에는 책임이라든가 리더십이라든가, 그런 것들에 대한 익숙함 같은 것도 관계가 있다. 공적인 자리가 아니더라도 상대에 비해 자신이 연령이나 지식, 지위가 높거나 책임이나 권위를 가진 쪽일 때는 아무래도 '남자다운' 행동이 되기 쉽다. 예를 들면, 나도 내 아이를 대할 때는 꽤 문제 해결 모드로 대응하고 있다는 생각이 들었는데, 좀 더 아이의 감정을 헤아리며 이야기를 들어주어야겠다고 역할극을 보면서 반성하기도 했다.

강연에서 'vulnerability(취약성)'에 대해 이야기하면서 영화《노스 컨츄리》를 꺼냈더니, 그렇다면 여성의 취약성에 대해 남성은 어떻게 살아가야 합니까, 라는 질문을 받았다. 그 질문에는 남성은 여성의 취약성을 어떻게 대해야 하는가, 그리고 남성 자신의 취약성은 어떻게 대해야 하는가, 라는 두 가지의 의미가 담겨 있다고 생각한다.

여성이 가진 취약성은 주로 성적으로 피해를 입을 가능성, 그리고 친밀한 상대(남편이나 연인, 옛 연인 등)로부터 폭력에 노출되기 쉽다는 것이다. 그럴 경우, 남성이 해야 할 일은 자신이 가해자가 되지 않도록 조심하는 것, 여성의 취약성을 틈타 공격하지 않는 것이 전부인 것 같다.

하지만 남성이 남성 자신의 취약성에 대해서 어떻게 대해야 할 것인가라고 묻는다면, 문제는 좀 더 복잡해질 것이다.

남성에게 '강함'은 무엇과도 바꿀 수 없을 만큼 중요한 가치를 지닌다. '용감함'이라는 말을 사전에서 찾아보면 '강함', '씩씩함', '튼튼함' 같은 의미가 담겨 있다. 하지만 현실에는 체력이나 체격에 자신이 없거나, 결단력이나 리더십이 부족하거나, 소심하고 겁이 많은 남성이 얼마든지 있다. 남성이라고 병에 걸리지 않는 것도 아니고, 공격당하면 상처받고, 낯선 것에 공포심을 가지는 것도 당연하다.

성적으로 공격받는 것도 여성 특유의 취약함이라고 생각하기 쉽지만, 남성에게도 당연히 그럴 가능성은 있다. 사실 내가 풀브라이트 장학금을 받고 연구하고 있는 테마는 '남성의 성 피해와 사회 정책'이다. 이런 비주류적인 테마 연구를 용케 받아주었구나, 하는 생각에 선고위원회의 너그러움에 깊이 감사하고 있다. 사실 지금도 누구를 만나서 내 연구 테마를 설명하면 그때마다 당황한 표정을 짓거나 때로는 아무 말도 못 들었다는 듯이 화제를 딴 데로 돌려버리는 사람도 있다. 성에 관한 이야기를 공적인 자리에서 한다는 것은 미국에서도 터부에 가까운 일인데, 게다가 피해자가 남성이라고 하니 상상하기 어려운 모양이다.

남성이 성적으로 피해를 당하게 되면 예상하지 못한 일인 만큼 충격이나 혼란은 엄청나다. 자신을 지킬 수 있는 것이 남자라고 생각하기 때문에, 피해자는 이제 자신은 더 이상 남자가 아니라는 생각까지 하게 된다. 수치스럽다는 생각 때문에 주변의 누구에게도 속마음을 털어놓지 못하고 혼자서 괴로워한다. 자신이 남자라는 것을 증명하기 위해서 여성에게 공격적이 되거나 마초적인 모습을 지향하기도 한다. 도움을 구하지 않고 혼자 일어서려고 하기 때문에 고독은 점점 더 심해진다. 그런 남성 피해자를 보고 있으면 성 피해 그 자체보다도 그것 때문에 상처 입은 '남자다움'을 필사적으로 되찾으려고 하는 것이 오히려 상처를 더 깊게 만들어버린다는 인상을 받는다.

성 피해뿐만이 아니라 남성이 자신의 취약성을 인정한다는 것은 여성의 경우보다 더 힘들다. 하지만 약해서는 안 된다고 하는 억압이야말로 취약함이 되어버린다는 역설이 그곳에 있다. 다시 말해, 남성의 취약성이란 남자답지 않으면 안 된다는, 강해지지 않으면 안 된다는 사회규범 그 자체인 것이다. '남자인 주제에'라는 말에 얽매여 도망가고 싶어도 갈 수 없고, 약한 소리를 하고 싶어도 할 수 없고, 도움을 청하고 싶어도 청할 수 없고, 그저 오로지 '갑옷'만을 껴입은 채 나아간다. 공적인 자리는 남성 사양이 되어 있다고 앞에서 말했지만, 이것도 정확히 말하면 '강한 남성' 사양으로 되어 있다고 하는 편이 맞을 것이다. '약한' 남성에게 사회는 살아가기 힘든 곳이다. 특히 미국과 같이 젊음이나 강함에 가치를 두는 사회는 더더욱 그렇다.

'약함을 끌어안은 강함'을 남성이 소리 내어 주장하고 계속 지켜나간다는 것은 여성보다 훨씬 어려운 일이다. 자신의 감정이나 기분을 들어달라는 것은 '약한 소리'를 하는 것이고, 상대에게 '약점을 잡히는' 위험에 자신을 노출시키는 것이며, 또한 경쟁에는 불리하게 작용하기 때문이다. '업무 모드'로 과제를 처리해 나가려면 감정에 휘둘리지 않는 것이 효율적이기도 하다.

하지만 그렇기 때문에 더더욱 '약함을 끌어안은 강함'을 지향하는 것은 오히려 남성에게 더 의미 깊은 것이 아닐까. 자신의 약함을 인정하고, '갑옷'을 벗고, 어깨의 힘을 빼고, 자연 그대로의 모습으로 있을 수 있는 남성이 오히려 더 강하고 매력적이라고 할 수 있지 않을까. 그리고 상처 입은 많은 남성들이 회복하는 과정에서 그런 모습을 보여주려 하고 있다.

동물과 인간

질주라는 말이 정말이지 딱 들어맞는다. 모든 근육을 풀가동한 군더더기 없는 모습. 바람을 가르며 본능이 이끄는 대로 쉬지도 않고 숲속을 달린다. 아무튼 빠르다. 힘차다. 그리고 아름답다.

5월에 여행을 떠나 친구네 집에 머무는 동안, 친구가 키우는 커다란 개를 데리고 교외의 숲으로 산책을 나갔을 때다. 주립공원이었고, 해 질 무렵이어서 그런지 우리 말고는 아무도 없었다. 휑하니 넓은 주차장에 차를 세우고 친구는 개를 밖으로 데리고 나와 목줄을 풀어주었다. 개는 잠시 가만히 있더니 "뛰어가!" 하고 외치는 친구의 신호가 떨어지자마자 쏜살같이 숲을 향해 달려갔다. 작은 강물 속으로 뛰어드나 싶더니 언덕을 전속력으로 달려 올라간다. 때때로 우리 쪽을 향해 뛰어오다가도 또 금세 다른 방향으로 달려간다. 생명의 약동감이 여기까지 전해진다.

미국에서 지인의 집에 초대받아 가면, 대부분 개나 고양이 둘 중에 하나를 키우고 있다. 집에 공간적인 여유가 많아서인지 대형견을 실내에서 키우는 사람도 적지 않다. 고양이는 대체로 집 안팎을 제 맘대로 드나들기 때문에 그다지 신경을 쓰지 않는다. 하지만 개, 특히 나보다 더 체격이 커 보이는 대형견이 집 안을 어슬렁어슬렁 돌아다니는 걸 보고 있으면 "욕구불만은 없니? 밖으로 뛰쳐나가고 싶지 않아?" 하고 말을 걸고 싶어진다.

옆에 다가와서 하품하는 개의 입 안을 들여다보며 나는 그곳에 송곳니가 있는 것을 확인한다. 그리고 어쩌다가 물기라도 하는 건 아니겠지? 하고 생각할 때도 있다. 부엌 선반 위에 있는 고깃덩이를 마음대로 훔쳐 먹기는 해도 절대 어린아이를 물지는 않는 것을 보면 신기하다. 이제 자신의 본능 같은 건 사라져버린 걸까 싶기도 하고, 왠지 모르게 '노예근성'을 보게 된 것 같아서 씁쓸해진다.

그래서 친구의 개가 숲을 마음껏 뛰어 돌아다니는 것을 보니, '아아, 역시 야생의 본능이 온전히 남아 있구나' 하는 생각에 신선한 놀라움이 느껴지며 기뻤다. 집 안에서 기운이 축 처져 있던 모습은 진짜가 아니었던 것이다.

나는 동물을 키운 적이 거의 없다. 어릴 때 집에서 작은 새를 잠시 돌봐주었던 정도가 전부이다. 그러니까 어쩌면 내가 개나 고양이의 습성을 몰라서 이런 생각을 하는지도 모른다. 동물을 좋아하는 친구들은 이렇게 말한다. 인간과 동물은 오랫동안 공생해왔다, 동물은 수천 년에 걸쳐 인간에게 길들여져 왔기 때문에 지금은 그런 습성이 본능에 가깝게 스며들어 있다, 그렇기 때문에 인간의 말을 듣는 것이 당연하고, 개나 고양이도 그걸 싫어하지 않는다, 오히려 주인인 인간이 마음을 쓰고 돌봐주는 걸 좋아하고 주인의 명령에 따르는 걸 기뻐한다, 이제는 야생으로 돌아갈 수 없고 돌아간다 한들 살아남을 수도 없다고.

사실 나는 어릴 때 동물을 무척 싫어했다. 싫다기보다는 무서워서 견딜 수가 없었다. 작은 강아지를 보아도 죽을힘을 다해 도망치려고 했다. 하지만 개는 도망치는 사람을 쫓아가는 습성이 있다. 내가 울면서 이리저리 도망치고 있는데도 다른 사람 눈에는 그게 흐뭇한 광경으로 보이는 모양인지, 주변 어른들은 진심으로 나를 도와주려고 하지 않았던 기억이 난다.

PTSD(외상 후 스트레스 장애) 같은 트라우마 증상을 치료하는 방법 중에 EMDR(Eye Movement Desensitization and Reprocessing)이라는 것이 있다. 안구

운동 등으로 양측성 자극을 뇌에 가하면서 트라우마 기억을 처리해가는 것이다. 예전에 EMDR 연수를 받았을 때였는데, 참가자들끼리 서로 과거에 입은 작은 상처나 공포에 대한 기억을 처리하는 연습을 하는 수업이 있었다. 그때 나는 어릴 적의 개에 대한 공포를 소재로 삼았는데, 흥미로웠던 것은 영상에 나타난 것이 나를 쫓아오는 개가 아니라 엄마와 친했던 이웃 아주머니의 웃는 얼굴이었다는 것이다. 물론 개도 무서웠지만, 그것보다는 오히려 내가 이렇게 무서워하고 있는데도 아무도 나를 도와주지 않아, 아무도 내 마음을 알아주지 않아, 하는 절망감이 더 강했다는 것을 수십 년이 지나서야 비로소 깨닫게 된 것이다.

지금은 더 이상 개나 고양이가 그렇게 무섭다는 생각은 들지 않는다. 가까이 다가와도 내가 무서워하거나 갑자기 이상한 움직임을 보이거나 하지 않는다면, 아무런 행동을 하지 않는다는 것을 인지 레벨에서 잘 알게 되었기 때문이다. 특히 해외에서 연구하는 동안은 늘 개나 고양이가 가까이에 있었기 때문에 그 상황에 익숙해질 수밖에 없었고, 또 익숙해지다 보니 사랑스럽다는 생각이 들게 되었다.

애완동물을 인간의 아이보다 더 사랑스러워하는 사람

들의 심정도 이제는 알 것 같다. 가족과 멀리 떨어져 친한 친구도 없이 고독하게 사는 사람들에게는 따스한 숨소리, 부드러운 감촉, 달라붙어 장난치는 모습, 가만히 옆에 누워 있는 느낌, 그런 것들이 비할 데 없이 소중할 것 같다는 생각이 든다.

그러면서도 한편으로는 부모의 사랑을 못 받는 아이들을 동물을 키우는 사람들이 키워줄 수 있다면 얼마나 좋을까, 하고 현실성 없는 상상을 해보기도 한다.

동물을 키우는 인간을 보고 있으면, 노예제도가 생겨난 배경에는 동물을 가축으로 길들이고 인간을 위해 봉사하게 만들어온 역사가 있다는 것을 느끼게 된다. 도대체 어떤 정신 구조에서 인간이 같은 인간을 노예로 취급할 수 있을까 하는 의문이 들지만, 어쩌면 자신과 똑같은 인간이 아니라 인간보다 열등한 동물이라고 생각했기 때문이 아니었을까.

동물을 길들일 때, 버릇없이 굴지 않게 하려면 사람의 권위가 더 위에 있다는 것을 단호히 보여주는 것이 요령이라고 한다. 그렇다면 아마 노예에게도 똑같은 태도를 보이지 않았을까. 노예는 복종하는 것이 당연하고, 반항이나 반역은 감히 엄두도 못 낼 일이다. 또한 동시에 애완동물이나 가축과 마찬가지로 노예라고 해도 잘 보살펴주기도 하고 서로 마음이 통하기도 한다. 노예 자신도 주인을

섬기는 것에 기쁨을 느낀다고 착각하는 경우도 많았을 것이다. 계급사회나 노예제도를 만들어내고 정당화하고 계속 유지하기 위해서는 그러한 '상호적 은혜'라는 환상이 필요하다.

너무 지나친 생각일까. 반려동물을 키우는 사람들이 이의를 주장할지도 모르겠다. 하지만 나는 인간과 동물이 대등하다고 생각하지는 않는다. 살아 있는 모든 것에 영혼이 깃들어 있다고 하는 애니미즘적인 사고에는 꽤 매력을 느끼기도 하지만 그렇다고 채식주의자는 아니다.

다만, 인간 중심주의는 절대로 잘못된 것이라고 생각한다. 인간은 이 세계를 지배하고 관리하려고 해왔다. 그 때문에 자연에 '개량'이라는 것을 적용해왔다. 의료도 그중의 하나이다. 그리고 가축이나 애완동물은 인간과 아주 가까운 자연을 '개량한 예'이다.

동물원의 곰이 사람을 공격했다는 둥, 사자가 사육사를 물어 죽였다는 둥, 그런 뉴스를 들을 때마다 사고를 당한 사람은 얼마나 무서웠을까 생각한다. 하지만 한편으로는 아아, 동물이 아직 본능을 잃어버리지는 않았구나, 하고 왠지 모르게 마음이 놓이는 것 같기도 하다. 그런 사고가 완전히 사라진다는 것이 오히려 더 위험하다는 생각이 든다. 어쩌면 이런 생각이야말로 위험하다는 말을 들을지도 모르겠지만.

동물을 좋아하면 마음이 따뜻한 사람이라는 이미지가 세상에 있다. 그래서 어릴 때는 동물을 싫어하는 나 자신이 차가운 사람이 아닐까 하고 생각한 적이 있다(참고로 아이를 좋아하는 현상에 대해서도 동일한 말을 할 수 있다). 하지만 나는 동물을 싫어하는 것이 아니라 무서웠다. 두렵고 무서웠던 것이다. 지금도 두렵고 무섭다. 그리고 두렵고 무서워하는 것은 나쁜 게 아니라고 생각한다.

자연은 언제나 인간의 지배를 초월한 잠재력을 지닌다. 길들여진 것처럼 보이지만 그런 척하고 있을 뿐이다. 병이나 재해, 노화나 죽음을 두려워하고 무서워하는 것은 자연이 가진 회복력이나 치유력을 믿는다는 것과 표리일체인 것이기도 하다.

자연은 더 두려워하고 무서워해도 된다. 두려워하는 것은 조금도 나쁜 것이 아니다.

보이는 것과 보이지 않는 것

요즘 뉴욕에서 활약하는 일본인 전문가들과 친해졌다. 지금까지 일본인들과 만나는 모임은 피해 왔는데, 한번 친해지니까 정말 재미있다. 당연하다. 뉴욕의 최전선에서 프로로 자리를 잡는다는 건 쉬운 일이 아니다. 거기서 활약하고 있는 사람들인데, 자극을 받지 않을 수가 없다.

그중에 한 사람, 가오루 씨가 소속되어 있는 음악요법 센터를 방문해 치료법에 관한 영상을 보았을 때의 일이다.

저것 보세요, G#에서 만났어요. 여기도 C음. 정확하게 음을 골라서 반응하고 있는 거예요. 거기에 맞춰서, 보세요, 저렇게 세라피스트가 음을 연주하고 있죠? 그러면 또 정확하게 반복하잖아요. 어머, 이건 굉장해. C와 F를 골

랐어요. 보세요, 여기도…….

가오루 씨는 그렇게 내 옆에서 설명해준다. 영상에 나오고 있는 것은 자폐증을 앓고 있는 다섯 살짜리 남자아이다. 말은 하지 않고 툭 하면 짜증을 부린다. 영상은 초진 때 찍은 것으로 아이는 내내 큰 소리로 고함만 지르고 있다. 그러다가 스튜디오 안에 있는 여러 가지 악기에 관심을 보이더니 실로폰을 치기 시작하는데, 언뜻 보기에는 그냥 채를 내리치며 화풀이를 해대고 있는 것만 같다. 거기에 맞춰 세라피스트가 피아노로 대응하지만, 내 귀에는 그저 이질적인 음이 따로따로 부딪히고 있는 것처럼 들릴 뿐이다. 그저 아이가 겨우 울음을 그치고 좀 더 자발적으로 음을 내기 시작했다는 것 정도만 알게 되었을 뿐이다.

하지만 가오루 씨는 영상을 보면서 지금 바로 눈앞에서 치료가 되고 있기라도 하다는 듯이 흥분하며, 아이와 세라피스트 사이에서 일어나기 시작한, 뭔지 모를 교류에 귀를 기울인다. 그리고 치료의 내용과 질을 내게 전해주려고 한다. 마치 통역이라도 하듯이. 음악적 소양이 없는 나에게는 영상 속의 즉흥적인 교류도 여전히 그저 소음으로밖에 들리지 않는다. 그렇지만 가오루 씨의 기쁨은 바로 바로 내 몸으로 전해져온다.

그다음에는 그 아이가 대여섯 번의 수업을 받은 후의 영상을 보여준다. 여전히 음악이라고는 할 수 없지만, 리듬이 생겨나고 멜로디 같은 것이 이따금 들려온다. 음이 겹치기도 하고 화음을 이룰 때도 있다. 왠지 추상적인 현대음악 비슷한 형태가 된 것 같기도 하다. 무엇보다 크게 달라진 것은 아이의 표정이다. 눈이 반짝반짝 빛나고 정말로 즐겁다는 듯이 음을 내고 있다. 세라피스트와도 이따금 눈을 마주친다. 여기까지 온 것을 보니, 정말로 음을 매개로 하여 두 사람 사이에 어떤 밀접한 교류가 생겨나고 있다는 것이 내게도 전해진다.

아이는 그 후 1년 남짓 음악요법을 계속하여 나중에는 집에서도 차분하게 행동할 수 있게 되면서 언어요법으로 옮겨갔다고 한다. 내가 영화를 많이 봐서 그런지 희귀한 재능을 가진 장애아가 천재 음악가가 되는 스토리를 상상해보지만, 그런 걸 목표로 하는 건 아닌 모양이다. 타자와 교류하기 위한 실마리가 되는 음악. 헬렌 켈러가 처음으로 '물'이라는 것을 알게 되었을 때의 에피소드가 떠오른다. 흐르는 물의 감촉과 'WATER'라는 글자의 나열이 서로 연결되어 있다는 것을 깨닫는다. 어지러운 세상에 어떤 법칙과 질서가 있다는 것을 알게 된다. 그 법칙에 맞추어가면, 자신이 보내는 신호에도 확실한 반응이 돌아온다. 그러면 순식간에 자신이 살아갈 세계가 열리는 것이다.

또 한 번은 유전자 연구를 하는 의학자 오이시 씨의 실험실을 방문했다. 첨단 분석 기기 옆에는 예전 그대로 변한 것이 없는 비커나 피펫 같은 실험 도구가 줄줄이 놓여 있다. 배양 중인 초파리를 일시적으로 실신시켜 현미경으로 보여주는데, 의대생 시절에 하던 실습이 떠오른다. 실험 결과를 판정할 때도 함께 있었다. 투고한 논문에 대해 논문 심사자가 추가 실험을 지시했다고 한다. 샬레에 담가놓은 겔이 두 장. 가까이 다가가 들여다보니 바코드처럼 생긴 선이 보인다. 전기영동(電氣泳動). 오이시 씨는 가만히 두 장의 겔을 번갈아 쳐다보더니 마지막에 미소를 짓는다.

결과가 잘 나온 것 같아요. 보이세요? 여기를 좀 보세요, 선이 보이죠? 근데 이쪽에는 없어요. 다른 한쪽은 어떤지 볼까? 음……, 잘 안 보이는군. 아, 이거다. 여기 또렷이 나와 있네요. 여기 보세요. 이제 됐네요. 여기도 오케이. 자, 그럼 오늘 작업은 이걸로 끝내죠.

오이시 씨는 만족스러운 표정을 지으며 실험을 정리하기 시작한다.

나는 솔직히 전기영동의 차이를 잘 알 수 없었다. 대체 어떤 선이 한쪽에만 있다는 거지? 있다고 하면 있는 것도 같고, 없다고 하면 없는 것도 같다. 경계가 불분명한 몇 개의 선을 눈앞에서 바라보면서, 생물학적인 의학 연구는 나한테는 안 맞는구나, 하고 새삼 깨닫는다.

선이 보이지 않는 나 자신이 왠지 우습다는 생각을 하면서, 가오루 씨의 치료 센터를 견학했을 때와 똑같은 것을 느꼈다.

아주아주 미미한 징후. 그것을 읽어 내는 프로의 빈틈없는 귀와 눈과 감성. 나는 알아차리지 못하는 그 무언가를 그 사람들은 분명히 보고 있다. 그것은 분명히 그곳에 있고, 그것을 볼 수 있는 사람의 눈에는 그것이 매우 큰 의의를 가지는 것이다. 그것을 알고 있기 때문에 자신의 일과 연구에 몰두할 수 있다. 그리고 그것을 즐거워하는 사람을 바라보는 것은 즐겁다. 바라는 결과가 나와서 진심으로 기뻐하는 순간을 옆에서 목격하는 것 또한 기쁨인 것이다.

다만, 아는 사람만이 알 수 있는 현상은 두 가지의 다른 의미에서 위험을 품고 있는 것이기도 하다.

남에게 보이지 않는 것이 보이거나 느껴지지 않는 것이 느껴지는 사람이 있다. 그럴 때, 거기서 보이는 것, 느껴지는 것이 '실재'하는 것인지 아닌지는 시간이 흐르지 않으면 알 수 없는 경우가 많다. 심지어는 시간이 흐른다고 해도 알 수 없을 때가 많다.

노구치 히데오는 여러 가지 전염병의 병원체를 발견했

다고 한다. 그런데 그 많은 병의 원인이 그 당시의 과학 기술로는 볼 수 없는 바이러스였다는 것이 지금에 와서야 명백해졌다. 그렇다면 그때 그가 보았던 것은 대체 무엇이었을까? 그리고 그의 논문이 당시에 인정을 받은 것은 어째서일까?

임상의학의 경우에도, 효과가 있다고 한동안 활발히 성행했다가도 시간이 지나자 효과가 없다고 버려진 치료법은 수도 없이 많다. 그렇기 때문에 에비던스(과학적 근거)에 근거한 의료를 강조하는 것이다. 존재할 리가 없는 것이 공동환상이나 집단적 망상에 의해 일시적으로 '눈에 보이는' 경우가 있다는 것을 전문가는 늘 경계해야 한다. 남의 눈에는 보이지 않는 것이 나에게는 보였(다는 느낌이 들었)을 때, 솟구쳐 오르는 쾌감과 우월감. 그것을 볼 수 있는 사람들 사이에서 생기는 동료 의식이나 특권적 집단의식. 학파란 분명 그런 것에서 생겨나는 것이다. 처음에는 순수했다고 할지라도, 일단 힘을 얻기 시작하면 그 후로는 그것 말고 다른 것은 보려고 하지 않을지도 모른다. 그러다가 끝내는 벌거벗은 임금님 이야기처럼, 보이지 않는 사람까지도 그것이 보인다고 말하기 시작할지도 모르는 것이다.

노구치 히데오가 연구하던 시대의 바이러스와 마찬가지로, 현시점에서는 객관적으로 증명할 수 없는, 다시 말해 에비던스를 제시할 수 없는 '무언가'가 아직도 수없이 존재한다. 그리고 그런 '무언가'를 남보다 먼저 알아차리는 특수한 능력이나 기술을 가진 사람은 종종 의혹의 눈초리를 받고 박해를 받아왔다.

스테레오그램이라고 하는 입체 그림이 있다. 눈의 초점을 어긋나게 하면 물체가 공중에 붕 떠 있는 것처럼 보이는 그림이다. 비교적 쉽게 입체적으로 볼 수 있는 사람이 있는가 하면, 꽤 연습하지 않으면 볼 수 없는 사람도 있다. 또 아무리 연습해도 안 되는 사람도 있다. 나는 스테레오그램을 보면서 상상해본다. 이 사회에 독재적인 권력자가 있다. 그에게는 입체 그림이 보이지 않는다. 그래서 한 번도 붕 떠 있는 물체를 본 적이 없다. 그것이 보인다고 하는 사람, 보인다며 기뻐하는 사람들을 보면서 불쾌감을 억누를 수가 없다. 굴욕감을 없애려고 입체 그림을 금지시킨다. 입체 그림이 보인다고 하는 사람들을 거짓말쟁이, 이단자, 악마라고 하며 배척한다. 많은 사람들이 그림이 보인다고 말해도 "서로 짜고 세상을 현혹시키려고 하는구나!" 하고 비난한다. 나는 또 마녀사냥이 행해지던 시대로 상상을 펼치며, 지금 생각하면 광기에 지나지 않은 마녀사냥 현상도 그런 단순한 이유 때문이 아니었을까 생각한다.

보통 사람이 알아차리지 못하는 것을 알아보는 사람들

은 카나리아처럼 아주 미세한 공기의 오염도 알아차리는 걸까? 그저 '민감 관계 망상*'인 걸까? 아니면 정말로 특수한 능력을 가지고 태어난 인간일까? 마녀일까? 가오루 씨나 오이시 씨를 보면서, 그들이 가진 고도의 전문성에 어질어질해진 나는 이리저리 생각 속을 헤맨다.

* 감수성은 지나치게 예민한 데 비해, 외계에 대한 반응은 지나치게 약해 자신과 남들의 관계 속에서 엉뚱한 생각을 하여 긴장과 갈등을 가져오는 심인성 반응.

버릴 것과 남길 것

1년간의 미국 체재도 끝나가고 이제 짐을 꾸려야 할 때가 왔다. 무엇을 버리고 무엇을 가져갈지 결정해야 한다. 또 돌아가기 전까지, 무엇을 하고, 누구를 만나고, 무엇을 조사하고, 무엇을 얻어야 할지를 정리해야 한다.

지금 가지고 있는 것을 다시 둘러본다. 지난 1년 동안 모은 갖가지 자료들. 그것들을 보고 있으니 그때 찾아간 장소나 만난 사람들, 느낀 것, 생각한 것이 차례차례 되살아난다. 지난 1년 동안 내가 무엇을 했는지 저절로 떠올리게 된다.

아직 손에 넣지 않았지만 귀국하면 필요할 것 같은 것이 무엇인지도 생각해본다. 가고 싶었는데 못 가본 곳이라든지 일정이 맞지 않아 아직 만나지 못한 사람들, 생각해야 하는데 그러지 못하고 지나가버린 것들도 떠올려본다. 또 지난 1년 동안 내가 하지 않은 것은 무엇인지, 또 앞으로 무엇을 하게 될 것 같은지, 그런 것들도 생각해본다.

짐 꾸리기는 그렇게 지나간 시간을 되새기고 다가올 시간을 상상하는 작업이다. 빈틈없이 마무리하고 싶지만, 이렇게 나 자신을 돌아보는 시간도 가끔은 필요하다는 생각에 종종 멍하니 손을 놓고 있더라도 너그럽게 봐줘야겠다고 생각했다.

물건이라면 현지 조달을 기본으로 하기 때문에 그다지 고민하지 않는다. 누구에게 주거나 버리거나 기부하거나, 그래도 안 되면 벼룩시장에 가서 팔면 된다. 문제는 일과 관련된 자료나 책 같은 것들이다. 사놓기만 하고 아직 읽지 않은 책, 심한 경우는 책장도 넘기지 않은 책도 있다.

지금은 전자 매체가 주류가 되었기 때문에, 논문 같은 것은 컴퓨터에 다운로드해두면 된다. 다만 연구원 기한이 끝나기 전에 일본에서는 열람할 수 없는 데이터베이스에 접속해서 필요한 자료 등을 다운로드해둘 생각이다. 사실 다운로드만해두면 언제든 읽을 수 있다는 마음에 결국 대부분은 읽지 않고 지나가버릴 게 뻔하긴 하지만. 실제로 7년 전 소속 대학이 바뀌었을 때 가져온 자료 중 대부분은 아직도 박스 안에서 나오지도 못하고 연구실 선반 위에 잠들어 있을 정도다. 지금은 그 연구실도 책장에서 넘쳐날 정도로 책이 늘어나버렸다.

그래도 일단 손에 넣고 연구실에 놓아두면, 또는 다운로드를 해두면 마치 그 안의 내용이 내 것이 된 것 같은 기분이 든다. 내 머릿속에서 일단 처리하지 않는 한, 그것들은 그저 산더미 같은 종이 뭉치, 컴퓨터 속 기호의 집합일 뿐인데도.

세상에는 정보가 너무 많다는 생각이 든다. 내 경우는 학제적 연구이기 때문에 아무래도 수비 범위가 넓어질 수밖에 없다. 그건 각오하고 있다. 하지만 한 번쯤 읽어두면 좋을 것 같은 전문 잡지, 신문, 일반 잡지, 책, 웹사이트, 메일 매거진, 영화, TV 프로그램 등 리스트를 뽑는 것만으로도 현기증이 날 정도이다. 전부 다 훑어본다는 건 불가능하다.

정보가 많다는 것은 제대로 필터링을 하면 더 질 좋은 정보를 얻을 수 있다는 것이다. 이론적으로 보면 그것이 맞다. 그런데 기계적인 자동 필터링으로는 좋은 정보를 좀처럼 걸러낼 수 없다. 게다가 정보의 가치는 그때그때 나 자신의 관심사, 또는 경험이나 생각에 따라 크게 변한다. 미미하고 사소한 정보라도 어느 순간 생각의 마중물이 되기도 하고, 감성을 툭 건드리기도 하고, 갑자기 눈앞이 확트이는 계기가 되기도 한다.

게다가 걸러야 할 정보의 양이 많으면 필터링만으로도 엄청난 시간과 에너지가 든다. 물론 필터링을 하는 즐거움도 있다. 필요 없는 것을 쓱쓱 없애버릴 때의 상쾌함. 엄정하게 판단한 결과가 남긴 값진 정보의 집합. 하지만 피로가 점점 쌓여간다. 강박적으로 변해가는 나 자신을 느낀다.

갖고 있는 것이 대단찮은 정보라면 차라리 마음이 놓인다. 버려도 되니까. 반대로 흥미로운 정보가 있으면 초조해진다. 필터링 작업이 쌓이니까. 사실은 필터링이 흥미로운 정보를 찾는 작업이어야 하는데도 본말이 전도되었다는 생각이 들기도 한다. 정보라는 것은 그중에 20퍼센트만 이용할 수 있어도 된다, 라는 말을 언젠가 어떤 책에서 읽은 적이 있다. 어쩌면 그럴지도 모르겠다.

음미하고 싶다. 느긋하게 음미하고 싶다. 그렇게 마음이 외친다.

한 줄의 문장 속에 스며 있는 절실한 생각, 잡지 속의 무심한 일러스트가 드러내는 예리한 센스, 작은 사진 속에 숨어 있는 아름다움을 천천히 접하며 그저 음미하고 싶다. 두세 권의 책만 가지고 작은 섬으로 떠나 여름 한 철을 보내고 싶다. 마음으로는 그렇게 느긋하게 지내고 싶어

하면서도, 이렇게 모처럼 미국에 왔는데, 모처럼 보스턴에 있는데, 딴 데서는 얻을 수 없는 정보를 열심히 모아야지, 여기서만 만날 수 있는 사람들을 지금 부지런히 만나야지, 하는 나 자신을 버리고 싶다.

모처럼, 모처럼…… 그렇게 생각하며 아등바등 사는 건 내가 궁상떠는 성격이어서 그런 걸까, 아니면 현대인의 숙명인 걸까, 그것도 아니면 연구자로서 당연히 지녀야 할 부지런한 자세인 걸까.

인간의 뇌가 정보를 처리하는 능력에는 한계가 있다. 컴퓨터의 성능은 점점 좋아지지만, 그와 비례해서 뇌의 처리능력이 높아지는 것은 아니다. 그렇기는커녕 그 속도나 양은 거의 변함이 없다. 과학적 지식과 기술이 발전하여 고층 건물을 세우거나 우주로 로켓을 발사하는 등 인간이 할 수 있는 것은 확실히 비약적으로 늘어났다. 하지만 그것은 개개인의 인간이 진화했기 때문이 아니다.

그런데도 우리는 왠지 착각하고 있는 것이 아닐까. 인간도 당연히 점점 진화하고 기능이 발전하는 것이라고.

올여름에 베이징 올림픽 경기를 보는데, 세계 신기록이 속출했다. 점점 더 빨라지고, 점점 더 높아지고, 점점 더 강해지고……. 그렇게 기록이 향상해가는 것을 보고 있으면 마치 인간의 신체 능력도 진화하고 있는 것 같은 착각이 든다. 한 명의 금메달리스트가 슈퍼맨이어서가 아니라, 올림픽 출전 선수 전체의 기록이 향상하고 있으니까 더더욱 그런 생각이 든다. 분명 영양 개선이나 훈련 기법의 발달에 따라 각 스포츠에 맞도록 인간(이라기보다는 선수)의 골격이나 근육, 운동신경이 변화하고 있는지도 모른다. 하지만 수영 경기에서처럼 몸에 착용하는 옷의 소재나 디자인의 진화가 가져온 기록 경신도 적지 않다. 물론 거기에는 어마어마한 돈이 들어가고, 출신 국가의 경제 수준이 기록 경신의 열쇠가 된다.

인간의 신체는 그렇게 쉽게 진화하지 않는다. 뇌도 당연히 신체의 일부이다. 뇌의 정보처리 능력을 단번에 가속시킬 수는 없다. 이것은 지적인 의미뿐만이 아니라 정보에도 해당된다. 인터넷이나 메일이 급속히 보급되면서, 지금까지 알지 못한 사람들끼리도 거리를 초월해 교류 관계를 넓힐 수 있는 시대가 되었다. 그렇지만 내 마음을 진심으로 터놓을 수 있는 친구의 숫자를 단번에 늘릴 수 있는가 하면 절대 그렇지 않다. 메일로 소식을 주고받는 정도의 친구라면 수백 명이라도 만들 수 있을지 모르지만, 마음으로 진지하게 교류할 수 있는 사람의 숫자는 예전이나 지금이나 고작 몇 명밖에 없지 않을까.

또한 인간의 신체만큼 안정성이 부족하고 한계가 많은 것도 없다. 이것 역시 뇌에도 해당된다. 기억력은 믿을 수 없고, 인지는 선입견에 구속되고, 사고는 감정에 좌우되고, 행동에는 군더더기가 많다. 다만, 그렇기 때문에 기계가 갖지 못하는 복잡한 사상이나 깊은 통찰력이 인간으로부터 생겨난다고 할 수도 있다.

어쩌면 앞으로 의료 분야에서 기기의 기술혁신에 뒤처져 머지않아 애물단지 취급을 받게 되는 것은 의료 종사자인 인간일지도 모른다. 아니, 어쩌면 환자인 인간이 그렇게 될지도 모른다. 그렇게 본말이 전도된 상황을 피하려면, 사회나 의료가 인간의 한계를 정면에서 새롭게 직시하고, 생로병사의 흐름을 계속해서 받아들일 수 있어야 하지 않을까.

소울 패밀리, 영혼의 가족

1년간의 미국 생활을 끝내고 귀국한 지 한 달. 눈 깜짝할 사이에 일상에 파묻혀 지내고 있다.

귀국하고 처음 얼마 동안은 역 개찰구에 몰린 인파 속으로 제대로 끼어들지 못해 어물어물하기도 하고, 에스컬레이터 한복판에 떡하니 서 있는 바람에 뒷사람에게 손가락으로 찔리기도 했다. 밤이 하얗게 지새는 걸 바라보면서 시차 적응이 안 된 말똥말똥한 정신으로, 아무리 기술혁신이 일어난다 해도 지구에 시차와 계절이 뒤바뀌는 건 여전히 남아 있겠구나, 하는 생각을 했다.

하지만 시차에 적응하고 대학원 입시와 겨울 학기 강의 준비며 의뢰받은 원고 집필이며 차례차례 일이 밀어닥치는 바람에 넋 놓고 있을 수만은 없게 되었다. 미국에서 가져온 수십 권의 책은 다른 책들을 이리저리 딴 데로 옮기고 나서야 겨우 책장에 꽂을 수 있었지만, 자료는 커다란 봉투 하나에 넣어둔 채 필요할 때만 그때그때 꺼내서 보고 있다.

어쨌든 지금은 당장 마무리해야 할 것부터 처리해야 한다. 그러려면 미국에서 생각해둔 것, 귀국하면 하려고 했던 일이나 조사 같은 것은 일단 뒷전으로 밀릴 수밖에 없다. 조금 여유가 생기면 시작해야지 하고 마음을 먹지만, 쭉 이런 식으로 일이 밀려들 게 뻔할 테니 여유가 생기기는 어려울 것 같다. 그렇다면 의식적으로 시간을 만들 수밖에 없다.

미국에서 배우고 생각한 것이 꼭 새로운 형태의 일로 이어지지는 않겠지만, 똑같은 작업 내용에 깊이를 더하거나 신선한 관점을 더하는 형태로 도움이 되리라는 것은 분명하다. 원래 있던 장소를 벗어나 바깥에서 새롭게 검토할 기회를 얻을 수 있었던 것은 무척 가치 있는 일이다. 지금까지 내가 해왔던 일을 상대화하여, 앞으로의 방향성을 그 자리에만 한정된 시야에서가 아니라 긴 안목으로 부감하며 생각할 수 있게 되었다.

오랜만에 만난 사람들이 저마다 한마디씩 묻는다. "미국은 어땠어?" "목적 달성은 했어?" "연구 성과는 괜찮았어?" "의미 있는 1년이었어?" "매일 충실하게 보냈어?"

역시 의미 깊고 충실하게 보냈어야 하는구나, 느긋하고 어수룩하게 지내면 안 되는구나, 그런 시간은 '헛된 것'으로 보이는구나. 속으로는 반발하고 싶기도 하지만, 어쨌든 순순히 질문을 받아들인다.

그래도 돌이켜 생각해보니, 꽤 바쁘고 충실하게 살았던 것 같다. 나를 불러준 트라우마 임상의 제일인자 주디스 허먼 씨와는 보스턴에서 매달 심도 있는 토론을 벌였고, 연구회에 참가하여 전문 영역 전반에서 새로운 지식을 얻기도 했다. 내 연구에 대해서도 더 깊은 통찰을 할 수 있었고, 또 다른 질문이 생겨났다. 뉴욕과 캐나다에서 학회 발표를 했고 페루에도 갔다 왔다. 새 책도 출간되었다. 열심히 했다고 스스로를 칭찬해주고 싶은 심정이다.

하지만 다시 곰곰이 생각해본다. 지난 1년 동안 내가 얻은 가장 큰 수확은 무엇일까? 그중에서 나중에까지 내게 남게 되는 것은 무엇일까? 그렇게 생각하니 방금 나열한 것들은 전부 표면적인 것으로 보인다. 그리고 딱 하나 그렇다고 말할 수 있는 것이 떠올랐다. 마이크와 톰과 함께한 시간이다.

이번에 나를 받아준 기관은 하버드 대학이었지만 가족 사정도 있어서 뉴욕 교외에서 집을 얻어 살기로 했다. 그리고 한 달에 두 번 정도 보스턴에 가서 며칠을 보내며 연구회에 참가하거나 연구에 관련된 사람을 만나기도 했다.

보스턴에 있을 때는 마이크와 톰의 집에서 신세를 졌다. 그들은 내게 소울 패밀리, 이를테면 영혼의 가족 같은 것이다.

두 사람 다 성적 학대를 받은 남성에 대한 치료를 전문으로 하는 심리 상담사여서 내 연구 테마와도 딱 맞는다. 그들을 알게 된 계기도 2001년에 뉴욕에서 열린 남성의 성 피해 관련 학회였다. 마이크는 원래 인류학자로, 젊은 시절에 마거릿 미드*의 제자였다고 하는 독특한 사람이다. 톰은 대학에서 사회복지를 가르친다. 두 사람은 나보다 열 살에서 스무 살 가까이 연상이고 동성애자로 십여 년 동안 커플로 지내고 있다. 매사추세츠 주에서는 동성 간의 결혼이 인정되기 때문에 그들도 결혼해서 지내고 있다.

그들과 함께 지내다 보니 자연히 게이 친구들이 늘어난다. 그들이 살고 있는 자메이카 플레인이라는 곳은 성적 소수자들에게 관대한 지역으로 동성애자들이 많이 사는 동네로 알려져 있다. 이웃집에는 마사와 킴이라는 레즈비언 커플이 살고 있다. 마사는 정신과 의사이고 킴은 사회복지사인데, 내가 머무는 동안 타일러라는 남자 아기를

* 미국의 문화인류학자. 뉴기니·발리섬 등의 원주민들과 함께 생활하며 그들의 삶을 관찰하여 청소년기의 성 행동에 대한 이론을 발표하였다.

입양했다. 전부터 입양 알선 기관에 등록해놓았는데 어느 날 갑자기 전화가 걸려와, 아기가 태어났고 산모가 키울 수 없는 상태인데 어떻게 하겠냐고 물어와 부랴부랴 텍사스로 아기를 데리러 갔다고 한다. 그 후로, 드디어 목을 가누었어, 열이 나는데 어떡하지, 하고 야단법석을 떨며 둘이서 사이좋게 아기를 키우고 있다. 마이크와 톰도 삼촌처럼 굴며 타일러를 귀여워해준다.

일본에서는 동성애자에 대한 시선이 너무도 달라, 보스턴에서 그들과 지낸 이야기를 무심코 꺼내면 다들 깜짝 놀란다. 하지만 보스턴에서는 너무나 자연스럽고 아무렇지 않은 상황이기에 동성애라고 하는 '특수성'을 거의 의식하지 못한다. 그리고 가족을 새롭게 만들어간다는 것이 어떤 것인지 생각하게 되고, 또 그 의미도 당연하게 받아들이게 된다.

동성애자끼리 함께 살고 싶으면 원하는 대로 살면 될 텐데 왜 굳이 결혼이라는 제도가 필요한가, 라는 논의도 있다. 하지만 마사와 킴처럼 함께 아이를 키우고 싶은 경우라면 어느 정도의 제도는 필요할 것이다. 톰은 2년쯤 전에 대동맥변 폐쇄부전으로 대수술을 받았다. 만약 그 몇 해 전에 매사추세츠 주가 동성애 결혼을 인정하지 않아 그들이 결혼할 수 없었다면, 그저 친구 자격일 뿐인 마이크는 톰의 병이나 수술에 대해 병원에서 어떤 정보도 얻을 수 없고, 수술 후의 간호도 허락받지 못했을 것이 틀림없다.

말할 것도 없지만, 나는 그들이 동성애자이기 때문에 그 집에서 신세를 진 것이 아니다. 그 두 사람과 정말로 마음이 맞았기 때문에, 그리고 그들도 나를 그렇게 생각해주었기 때문에 함께 지냈을 뿐이다. 여성에게 성적인 눈길을 주지 않는 동성애자 남성은 귀한 친구라는데, 오래전에 본 영화에서 "여자에게 게이 친구가 있다는 건 다이아몬드를 가지고 있는 것과 같아요" 라는 대사가 생각나기도 한다. 그렇다면 나는 커다란 다이아몬드를 두 개나 가진 셈인가.

자연이 풍부한 자메이카 플레인의 연못 근처나 삼림공원을 산책하면서 두 사람과 내내 이야기를 나누었다. 직업이 상담사여서 그렇겠지만, 두 사람 다 이야기를 잘 들어준다. 내가 영어로 충분히 표현할 수 없는 복잡한 내용도 적절한 물음으로 분명히 해준다. 또 칭찬을 잘 해준다. 내가 일본에서 임상을 다시 시작하게 되었다고 하니, "너한테 진료 받는 환자는 행운아야" 하고 격려하며 나를 북돋아주었다.

사람은 부모와 가족을 선택할 수는 없다. 태어난 인간관계 속에서 성장할 수밖에 없다. 하지만 20대, 30대 이후의 인간은 자신만의 감성을 갈고닦고, 결이 맞는 사람들과 연을 맺고, 소울 메이트나 소울 브라더, 소울 시스터로 관계를 쌓아가고, 혈연도 국적도 성적 성향도 상관없는 소울 패밀리를 만들어가며 성장하는지도 모른다는 생각이 든다.

마이크와 톰뿐만 아니라 나의 소울 패밀리는 세계 곳곳에 퍼져 있다. 그 고마움을 생각하면 그저 망연한 기분마저 든다. 입양된 아기 타일러는 태어나자마자 소울 패밀리와 함께하고 있는 건지도 모른다. 그리고 어쩌면 혈연으로 맺어진 가족도 성장 속에서 소울 패밀리의 일원으로 새롭게 선택될지도 모른다.

인생의 궤적

하늘을 올려다본다. 하아~ 하고 한숨을 내쉰다. 미국에서 돌아오니 도쿄에는 하늘밖에 없구나, 하는 생각이 든다. 도심의 빌딩 거리에는 온통 인공적인 것들뿐이다. 유일한 자연이라고는 오로지 하늘뿐이다. 게다가 그 하늘은 좁기까지 하다. 아니, 좁지만 하늘만이라도 있어서 다행인 걸까.

미국에서는 늘 하늘을 바라보았다. 높은 건물이 많지 않아서 그런지 눈앞에 하늘이 넓게 펼쳐져 있다. 구름이 힘차게 움직이며 태양의 빛줄기조차 꿰뚫을 것만 같다.

구름 한 점 없는 파란 하늘에는 비행기구름. 거기서는 비행기구름을 자주 보았던 것 같다. 하늘이 끝없이 펼쳐져 있어서였을까, 항공로 근처에 살아서 그랬을까, 그것도 아니면 그냥 비행기 수가 많아서였을까. 당연하겠지만, 비행기구름은 대개 일직선으로 뻗은 모양이다. 완만한 곡선을 그리는 경우는 있어도 지그재그나 직각으로 꺾어지는 경우는 없다. 물론 곡예비행은 제외하고.

인생의 궤적은 어떨까 생각한다. 지그재그로 보여도 긴 안목으로 보면 의외로 평탄한 직선일까? 아니면 소용돌이처럼 빙글빙글 늘 한곳에서 헤매고 있을까? 또는 어린아이가 갈겨쓴 낙서처럼 뒤죽박죽이지만, 사실은 심오한 논리가 숨어 있을지도 모르는 그림일까?

인생에는 중요한 결단을 내려야 하는 '갈림길'이라는 것이 있다. 오른쪽 길일까, 왼쪽 길일까. 어느 쪽을 선택하느냐에 따라 앞으로 남은 인생의 명암이 갈리게 될 것만 같은 십자로 같은 것이다. 남의 조언을 따를까, 동전을 던져서 정할까, 나 자신의 감을 믿을까. 어느 쪽을 선택하든 생각대로 풀리지 않으면 언젠가는 후회하게 된다. 생각지도 못한 장애물이 나타나고, 앞으로 계속 나아가기를 단념할 수밖에 없을 때도 있다. 그래도 삶은 계속된다. 잠시 그곳에 멈춰 섰다가, 곧 다시 마음을 고쳐먹고 다른 방향으로 걷기 시작한다. 인간은 자신이 그런 갈림길에 섰을 때를 잘 기억하기에, 마치 갈림길 하나하나가 고비가 되어 인생이 정해지는 것처럼 생각하기 마련이다.

하지만 정말로 그럴까? 인생이란 의외로 하루하루의 작

은 선택, 그것 자체만으로는 어느 쪽을 선택하든 별반 차이가 없어 보이는 선택의 축적에 따라 궤도가 이어지고, 방향성이 정해지는 것이 아닐까? 다시 말해 인생이란 십자가 모양이 아니라 Y자 모양의 길이 계속 이어지며 그 방향성이 정해지는 것이 아닐까?

내가 처음 그런 생각을 한 것은 몇 년 전 도쿄 현대미술관에서 열린 요코 다다노리의 전시회를 보러 갔을 때다. 그의 그림은 Y자 모양의 길 그림이 많다. Y자 모양의 갈림길에 세워져 있는 건물과 그 양쪽으로 갈라진 두 개의 길. 단지 그것이 모티프의 전부인 그림이 몇 개나 전시되어 있다. 길 끝은 보이지 않는다. 그림을 보고 있으니 길을 잃어버릴 것만 같다.

나는 고베나 교토 같이 주요 도로가 바둑판처럼 쭉쭉 뻗은 곳에서만 오래 살았기 때문에 Y자나 구불구불한 길이 많은 곳에 가면 금방 길을 잃어버린다. 외국 여행을 가면 오래된 마을은 대개 그런 마을이다. 지도를 보며 최단거리의 경로로 걷고 있다고 생각했는데, 엉뚱하게 목적지에서 한참 떨어져 정반대 편으로 가버린 적도 있고, 똑같은 장소로 몇 번이나 되돌아올 때도 있다. 나침반(지금은 휴대폰 내비게이션이겠지만)을 늘 갖고 다니면 좋겠지만 그렇게 빈틈없는 성격은 물론 아니다.

Y자 모양의 길이 재미있는 것은 언뜻 보면 어느 쪽을 택하든 크게 다르지 않을 것 같은데도 계속 걷다 보면 완전히 다른 방향으로 멀어져 간다는 것이다. 문득 정신을 차리고 보면, 지금 와 있는 곳이 목적지에서 한참이나 떨어져 있는 걸 알고 깜짝 놀란다. 처음에는 아주 약간만 궤도를 수정하면 된다고 생각했는데 어느새 되돌아갈 수 없을 만큼 가버려 "어느새 이렇게 멀리 와버렸네" 하고 중얼거린다. 친구와 같은 방향으로 걷고 있다가도, 잠깐 어디 들렀다 가고 싶어 "그럼 이따 보자!" 하고 가볍게 인사하고 헤어진 것이 평생의 이별이 될 때도 있다.

교통사고나 범죄 사건도 바로 옆길로 갔더라면, 바로 다음 신호를 선택했더라면 사고를 피할 수 있었을지도 모른다. 되돌릴 수 없는 일, 후회해도 어쩔 도리가 없는 결과일수록 사람은 도대체 어디서 운명의 갈림길이 갈라졌는지 몇 번이고 되돌아본다. 하지만 운명의 갈림길 같은 건 아주 긴 시간이 흐르지 않으면 알 수 없다. 드라마에서도 큰 사건이 터지기 전에는 대개 복선이 등장하지만, 무엇이 복선인지는 마지막 회까지 보지 않으면 알 수 없는 것처럼.

다만, Y자 모양의 길이 또 재미있는 것은 갈림길에서 헤어졌다고 생각한 친구와 그 후로 Y자 길을 여러 번 거치는 사이에 어느새 비슷한 곳에 다다르거나 생각지도 못한

곳에서 불쑥 마주치기도 한다는 것이다.

언젠가 친구의 초대를 받아 간 파티에서 어느 50대 여성이 동창회에서 있었던 일을 들려주었다. 어쩌다가 중학교 동창 몇몇이 메일로 연락을 주고받게 되었는데, 그중에는 그녀가 늘 호감을 갖고 있던 사람이 있었다. 그런데 알고 보니 그 남자도 그녀를 좋아했다는 것이다. 다가오는 새해에는 고향에서 동창회가 열리는 모양이다. 파티의 분위기가 들떠 있어서인지 모인 사람들이 다들 "고향에 가면 당연히 만나봐야지" 하고 그녀를 부추긴다. "그래도 너무 많이 변했으면 충격일 텐데" 하며 그녀는 웃는다. 재미있는 건 두 사람은 대학교도 다르고 학부 전공도 전혀 다른데도 지금은 비슷한 일을 하고 있다는 것이다. 그녀는 미국에 살고 있고 그는 일본에 있다. 또다시 길이 교차할지, 그저 공중에서만 교차할지, 그 답은 시간이 알려줄 것이다.

그런 로맨틱한 이야기는 아니지만 내게도 비슷한 경험이 있다. 옛날에 의과대학을 졸업하면 후생성에서 일하다가 WHO에 들어가서 일하겠다는 꿈을 꾸었다(이런 말은 좀 창피하지만). 후생성의 의료 행정관 시험까지 쳤지만, 2년간의 임상 연수만큼은 하고 싶어서 결국 학교에 남기로 했고, 그러는 사이에 의료 인류학을 만나게 된 것이다. 그 후 유학을 떠났고, 연구와 정신과 임상이라는 두 가지 일을 겸하면서 지금에 이르게 되었다.

그때 의료 행정관 시험을 치면서 대기실에서 알게 된 수험생이 있었는데, 그녀가 얼마 전 정신병원의 원장으로 부임했다는 인사장을 보내왔다. 그녀는 졸업 후 보건소에서 근무하는 동안 외국인이나 에이즈 감염자 등 사회적 소수자의 의료에 관심을 갖게 되면서 정신과 임상의 매력에 빠졌다고 한다. 결국 우리는 둘 다 후생성에는 들어가지 못했지만, 10여 년 만에 만나서 "신기한 인연이네. 언젠가는 함께 일할 수 있으면 좋겠다" 하며 서로 웃었다.

의료 현장의 선택에서도 십자로나 Y자 길이 복잡하게 얽혀 있다. 수술을 해야 할지 말아야 할지, 화학 요법으로 할지 방사선 요법으로 할지 같은 중대한 선택도 물론 있다. 하지만 처방약의 아주 미미한 양의 차이가 치료에 영향을 미치거나, 정성껏 환자의 몸을 닦아주거나 식사에 대해 사소한 지시를 내린 것이 회복을 앞당길 때도 많다.

누구나 인생에서 그때 만약 내가 다른 선택을 했다면 어떻게 되었을까 하고 생각할 때가 있다. 수험, 취직, 유학, 결혼, 전문 분야나 테마의 선택. 내 경우도 고민에 고민을 거듭한 끝에 선택한 때도 있지만, 반대로 주변에서 깜짝 놀랄 정도로 미련 없이 뭔가를 선택했을 때도 있다. 또는 그때 그 모임에 나가지 않았다면, 그 사람의 말을 듣지 않았다면 지금의 나는 없었겠지, 하는 생각이 드는 우연의 만남도 있었다. 1년 동안 미국에 머물다가 원래의 시간으로 돌아오니, 대단한 변화는 없었다는 생각이 들기도 하다가, 또 반대로 어쩌면 커다란 변화의 복선이 될 것 같은 기분도 든다.

인생의 궤적을 길게 보면, 지그재그처럼 보여도 일직선인 경우도 있고, 헤매지 않고 똑바로 왔다고 생각했는데 크게 곡선을 그리고 있는 경우도 있다. 돌아가는 길이라고 생각한 것이 의외로 지름길이었을 수도 있고, 최단 거리라고 생각해 선택한 길이 막다른 길이 되는 경우도 있다. 뭐가 지름길이고 뭐가 우회길인지는 인생의 마지막까지 가보지 않으면 알 수 없는 것이다.

하늘은 넓고 길은 없다. 우여곡절. 시행착오. 뭐가 되든 상관없다. 내가 가고 싶다고 생각한 방향으로 언젠가는 인생이 수렴될 것이라고, 그렇게 믿고 싶다.

3장

상처가 있는 풍경

상처를 사랑할 수 있을까

* 일러두기

3장의 각주는 저자 주이다.

문학은 상처의 가장자리를 덧씌우고, 그저 그 둘레를 빙빙 돌며 이야기하는 것밖에 할 수 없다. 언어는 아픔의 생생함을 비춰줄 수는 있지만, 상처는 몸 그 자체에 남아 있고, 그 굴욕감과 불안감, 상실감을 언어는 결코 인식할 수 없다.

— 아서 프랭크 《몸의 증언》

베트남 참전 용사 기념비

꿈같은 상상을 해보았다.
미국의 수도 워싱턴 DC의 베트남 참전 용사 기념비(정확히는 베트남 귀환병 기념비)가 세워진 곳에 갑자기 불도저가 나타나 대량의 흙을 퍼 나른다. 기념비는 흙 속에 파묻히고, 땅 위에는 수많은 나무가 심긴다. 나무는 쑥쑥 자라 이윽고 초록의 무성한 숲이 울창하게 우거진다.

그런 광경이 눈앞에 펼쳐진다. 나 자신의 뇌가 만들어 낸 상상의 이미지이지만 너무나 생생해서 얼떨떨해진다.

어째서 그런 이미지를 떠올렸을까. 워싱턴 DC에서 뉴욕으로 돌아오는 버스 안에서였다.

1982년에 세워진 베트남 참전 용사 기념비는 디자인과 설계자를 둘러싸고 격렬한 논쟁이 벌어진 것으로 유명하다. 그때의 논쟁부터 시작해 기념비가 세워질 때까지 벌어진 우여곡절은 베트남 전쟁을 둘러싼 미국의 공적인 기억이 가진 복잡함과 불안정함을 보여준 것이라고 한다.* 나도 이 문제에는 예전부터 늘 관심을 가지고 있었기 때문에 대학원 강의에서도 매년 다루었고 집필한 책에서 언급하기도 했다.** 하지만 지금까지 실물을 보러 갈 기회가 없었는데, 드디어 2009년 봄에야 찾아갈 수 있게 되었다.

---

* 마리타 스터큰《뒤얽힌 기억-베트남 전쟁, 에이즈, 그리고 기억의 정치학》, 이쿠이 에이코《패배한 전쟁의 기억-역사 속의 베트남 전쟁》, 시라이 요코《베트남 전쟁의 미국-또 하나의 미국》등에 자세히 실려 있다.

** 미야지 나오코《트라우마의 의료인류학》.

오랫동안 마음속에 담아두었던 기념비를 직접 볼 수 있게 된 것이다. 내 안에서 어떤 반응이 일어날지, 어떤 감정과 감각, 사색이 솟구쳐 오를지 나 자신도 흥미로웠다. 좀 더 솔직하게 말하면, 얼마나 감동적일까 하고 생각했다. 그런데 실제로 기념비 앞에 섰을 때, 나는 내 안에서 아무런 감동이 일어나지 않는 것을 깨닫고, 초조해졌다. 내 솔직한 기분은 '뭔지 모르지만, 참담하다' 라는 느낌이었다.

기념비가 세워질 때, 귀환병을 포함해 많은 사람이 반대 의견을 냈다는 것도, 마지막까지 논쟁이 가라앉지 않았다는 것도 무리가 아니었겠구나, 하는 생각이 들었다. 내가 귀환병이었어도 어쩌면 반대했을 것 같다는 생각이 들었다.

그 기념비가 어떤 것인지, 나는 잘 알고 있었다. 문헌으로 조사도 했고, 책이나 인터넷에서 사진도 많이 보았다. 내가 쓴 졸저에는 이렇게도 쓰여 있다.

"기념비의 디자인은 검은색 화강암으로 만들어진 두 개의 벽이 125도 각도로 맞붙어 V자 모양을 이루고 있다. 링컨 기념관이나 워싱턴 기념탑 등 주변의 국립 기념물은 대부분 흰색의 석재로 만들어져 멀리서도 잘 보이도록 한 것에 비해, 베트남 전쟁 기념비는 경사면의 지표보다 낮은 곳에, 마치 땅속으로 꺼져 들어갈 듯이 세워져 있다."*

* 미야지 나오코 《트라우마의 의료인류학》.

실물을 보고 나서 다시 읽어봐도 이 문장 그대로이다.

이 기념비를 설계한 마야 린은 당시 스물한 살의 예일 대학 학생이었다. '애도의 건축'이라는 제목의 대학 과제에 제출한 작품이 익명으로 참가하는 콩쿠르에서 뽑힌 것이다. 디자인을 둘러싼 논쟁은 물론, 중국계 미국인인 그녀에게 내내 쏟아진 것은 그녀가 귀환병의 심정을 헤아릴 수 없는 '타자'이고, '아시아인'이고, '여성'이고, '어리다'라는 시선이었다.

나는 나 자신이 예상치 못한 반응을 보이고 있다는 것에 당황했다. 생각보다 크지 않구나. 정말로 땅 밑으로 꺼져 들어갈 것처럼 지어졌어. 6만 명에 가까운 전사자들의 이름이 새겨진 검은색 화강암은 분명히 묘석이야…….

기념비 앞에 섰을 때 강렬하게 들었던 느낌은 백색의 석회석으로 지어져, 마치 하늘을 향해 우뚝 치솟아 오르는 듯한 워싱턴 기념탑과의 대조였다. V자 모양의 벽은 전체 길이가 150.42미터로 작지는 않지만, 거대한 워싱턴 기념탑의 발밑에서는 보잘것없이 작아 보인다.

무엇보다 내 몸으로 느껴진 것은 '낮음'의 감각이었다. 지하로 내려간다는 것, 나 자신이 지평선보다 아래에 있다는 것에 내 몸이 이렇게까지 반응하리라고는 생각지도 못했다. 세상이 내 머리보다 위에 있어, 비석 너머 땅 위를 걷고 있는 사람들의 발과 나무뿌리, 모든 것을 올려다보게 된다. 쉽게 공격당할 것 같은 느낌. 포위를 당하고 있는 듯한 느낌. 위에서 짓밟아도 어디로도 도망칠 수 없을 것 같은 느낌. 높은 데서 사방을 내려다볼 수 있는 곳과는 정반대로 좁은 시야.

'내려다본다'라는 말에는 경멸한다, 라는 의미가 담겨 있다. 비유적인 표현이지만 물리적인 높낮이와 무관하지만은 않다. 권위를 나타내기 위해 법정에서 판사는 단상 위에 있고(그렇지 않은 나라도 있고 법정의 종류에 따라서도 다르지만), 휠체어를 탄 사람이 종종 무시당하거나 어린애 취급을 받는 것도 상대적 위치의 높낮이와 관계가 있다. 그런데 베트남 참전 용사 기념비는 낮은 것도 모자라 땅 밑으로 꺼져 들어가 있다. 당연히 멀리서 보면 아무것도 보이지 않은 채 워싱턴의 풍경 속에 감추어져 있다.

내셔널 몰이라 불리는 이 일대는 워싱턴 기념탑을 중심으로 인공 연못이 직선으로 쭉 뻗은 곳에 있는 링컨 기념관까지 한눈에 다 들어온다. 그런데 베트남 참전 용사 기념비는 그 직선에서 비스듬히 벗어난 장소에 자리 잡고 있다는 것도 마음에 걸렸다.*

---

* 다만 입지로 보면, 워싱턴 기념탑과 링컨 기념탑 사이에 있고, 시가지와 백악관과 가까운 편리한 위치여서 견학자들이 끊이지 않는 이유 중 하나다.

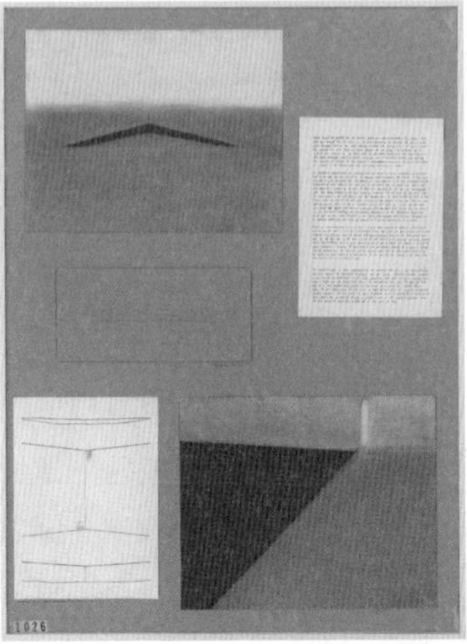

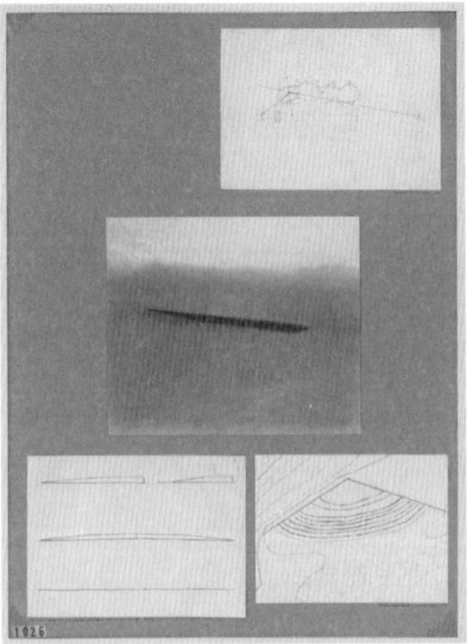

1981년 마야 린의 베트남 참전 용사 기념비 설계도

진짜 상처였다. 숨김없이 다 드러난 채로의 상처.

언젠가 어떤 문헌에서 기념비의 검은색 벽이 '수치와 슬픔과 타락, 무력함을 상기시킨다' 라고 쓰여 있는 것을 읽고 지나친 해석이 아닐까 생각했는데, 분명히 그렇게 보인다. 그것이 상처라는 것은 알지만, 어쩌면 나는 거기서 엄숙한 아름다움을 느낄 수 있으리라고 기대했는지도 모른다. 하지만 실제로 내가 느낀 것은 처절한 참담함이었다. 오랫동안 강의에서 다루어왔기 때문에 내가 기념비에 너무 지나친 기대를 했던 것일까?

설계자인 마야 린은 기념비가 완성된 후에 이곳을 찾아와 이렇게 말했다.

"여기서 제 친구 아버지의 이름을 보았을 때, 저는 그 이름을 쓰다듬으며 울고 말았습니다. 저는 이 '벽'을 찾아오는 한 사람이 되었고, 그리고 제가 구상한 계획에 나 자신이 반응했던 것입니다."*

하지만 나는 감동하지 않았다. 참담하다는 생각이 들었다. 하지만 그것도 또 다른 형태로, 마야 린이 구상하고 계획한 대로의 반응이었다고 말할 수 있을지도 모른다. 린의 디자인은 확실히 신선했다. 추상화되었고, 예술적으로

* National Geographic, 1985년 5월호.

미화되기도 했다. 그러나 상처는 상처다.

아름다운 상처 같은 것, 실제로는 있을 리가 없다. 상처는 아프다. 상처는 쑤신다. 피가 흐르고, 고름이 터지고, 열이 오르고, 구더기가 들끓고, 악취가 풍길 때도 있다. 상처는 참혹하고 추하다. 보기 힘들 때도 있다. 그래서 보고 싶지 않다. 자신의 상처를 보고 있을 수가 없어 눈을 돌려버린다. 상처를 온통 드러낸 인간에게는 혐오감을 느낀다.

린은 상처에 대한 사람들의 그런 부정적인 감정까지도 포함한 채, 의심할 여지도 없이 상처의 흔적으로서 기념비를 디자인했다.

그리고 내가 조금 전의 그런 헛된 상상을 하게 된 것은 이렇게 참담한 '상처의 흔적'이 논쟁을 일으키면서도 끝내는 완성되고, 지금도 파괴되지 않고 남아 있다는 그 자체가 하나의 기적처럼 느껴졌기 때문이라는 생각이 든다.

미국의 박물관은 대개 자국의 역사를 빛나는 정의와 승리로 그리고 있다. 워싱턴 대통령 시대에 벌어진 원주민 학살도, 19세기 이후부터 계속되는 타국에 대한 개입도, 진보와 문명이라는 이름 아래 정당화되어 왔고, 지금도 '정의의 아군'이라는 강한 영웅적인 자화상을 자국에 부여해왔다. 베트남 전쟁은 미국에 유일하게 '패배'를 안겨준 전쟁이었고, 정당화의 논리에는 늘 의문이 제기되어온 미국 역사의 '오점'과 '수치'이다. 그 상처의 흔적이 남성적 상징이라고도 할 수 있는 워싱턴 기념탑 바로 옆에, 절반쯤 감추어진 형태로 존재하면서, 그렇기 때문에 오히려 상처로서의 의미를 더더욱 두드러지게 보여주는 형태로 새겨져 남아 있는 것이다. 자신들은 언제나 옳다고 믿고 싶은 자부심 강한 미국의 권력자들이 그것을 허용해온 것이다. 감동이 아니라 조용한 놀라움 같은 것이 내 온몸으로 퍼져간다.

예전에 쓴 책에서, 나는 전쟁 중에 3백만 명의 사망자와 4백만 명 가까운 부상자가 나왔다는 베트남 쪽의 피해, 또 오키나와 등 미군 기지 주변의 여성들이 당시 미군 병사에게서 받은 폭력을 언급하며, 기념비를 둘러싼 논쟁도 '거대한 부인(否認) 위에 이루어질 하찮고 자폐적인 것'으로 보인다고 말한 적이 있다.* 대학 강의에서도 '기념비에 베트남인 전사자들의 이름이 새겨질 가능성은 없을까'라는 내용으로 토론을 벌이기도 한다. 하지만 그것은 감히 일어날 수도 없는 일이라는 것, 생각할 여지도 없다는 것은 내셔널 몰에 발을 디뎌보면 절절히 느낄 수 있다.

땅 위로 높이 치솟아 있는지, 땅 밑으로 꺼져 들어가 있는지. 내셔널 몰의 중심 직선상에서 자신의 존재를 내세우고 있는지, 비스듬히 벗어나 '움푹 파인 땅 밑'에서 쓸쓸

* 미야지 나오코 《트라우마의 의료인류학》.

히 가라앉아 있는지. 찬란히 빛나는 흰색인지, 아픔을 껴안은 검은색인지. 그러한 공간의 배치와 색의 대조가 불러일으키는 정치적 효과가 현지에 있으면 온몸으로 전해져온다.

기념비 옆에는 세 명의 남자 병사와 세 명의 여자 병사의 동상이 세워져 있다. 기념비 건립에 반대한 사람들이 나중에 세운 것이다. 그 병사들의 동상을 보며 마치 기념비를 지켜주고 있는 것만 같아서 왠지 마음이 놓였던 것도 나로서는 뜻밖의 반응이었다. "이렇게 훌륭한 마야 린의 예술 작품 뒤에 왜 이런 보기 흉한 동상을 세우는 거지?" 남자 병사들의 동상을 제작한 조각가 프레드릭 하트는 이런 말을 했고, 그런 그를 나는 그때까지도 마음 한 구석에서 경멸했기 때문이다.

린의 기념비는 사자(死者)들을 상징하고, 병사들의 동상은 생환자들을 상징한다. 그렇게 생각하고 보아도 좋지 않을까. 이미 사라져 가버린 이들을, 살아남아 돌아온 이들이 지켜준다. 살아서 돌아왔다고 해도 전쟁의 기억에서 벗어날 수 없고, 먼저 가버린 동료를 영원히 애도하며 살아가는 사람들.

만에 하나, 내가 상상한 것처럼 기념비가 흙 속에 파묻혀 사라져버리는 때가 온다고 해도 (땅 밑의 묘비는 부수지 않아도 그저 묻어버리면 되는 것이다), 병사들의 동상은 지금처럼 변함없이 그 모습을 지켜보겠지. 그리고 그 병사들은 또 한 번 더 동료들이 사라져가는 것을 목격하겠지. 먼저 떠나간 사람들을 또다시 속절없이 떠나보내게 되겠지. 나는 그런 생각들을 했다. 끝내는 그 병사들의 동상마저 무너지고 조각조각이 되어 흙 속에 파묻힌다 해도. 그래서 기념비 주변의 풍경이 모조리 지워져 없어진다 해도. 그들을 기억해주는 사람이 전부 다 사라진다 해도. 사자(死者)가 있었다는 것도, 사자(死者)를 목격한 동료가 있었다는 것도, 기념비가 있었다는 것도, 그리고 베트남 전쟁이 있었다는 것조차도, 그 모든 것이 잊히고 사라지는 때가 온다 해도.

풍경의 말소

부끄러운 역사, 그리고 그곳에 남겨진 상처의 기억을 계속해서 직시한다는 것은 괴롭다. 패배로 끝난 희생은 귀중하고 명예로운 것이 되지 못한다. 실패와 판단 오류, 자기 욕망과 오만함, 거만함을 지적당하고, 후회와 분노, 죄악감과 상실감, 무력감 같은 여러 가지 감정이 되살아난다. 그렇기 때문에 지금도 베트남 참전 용사 기념비를 없애버리고 싶어 하는 사람들은 틀림없이 많을 것이다. 기념비가 있는 주변의 풍경을 지워버리고 싶어 하는 사람도 분명 많을 것이다.

풍경의 말소와 말살은 여기저기서 일어나고 있다. 사람들의 기억을 말소시키려면 경관과 풍경을 말소시키는 것이 가장 손쉬운 방법이기 때문이다.*

케네스 E. 푸트는 《그늘진 땅(Shadowed Ground: America's Landscapes of Violence and Tragedy)》이라는 책에서 미국의 폭력과 비극이 풍경 속에 어떻게 새겨지고 어떤 식으로 사회의 기억을 만들어왔는지 분석하고 있다. 그는 풍경의 변용을 신성화(sanctification), 지정(designation), 복구(rectification), 말소(obliteration)의 네 종류로 분류한다.

'신성화'는 위령비와 기념비를 세우고 기억을 영속화시키는 행위이다. '말소'는 그와 반대로 사건의 흔적을 모조리 파괴하고 지워 없애는 것이다. '지정'과 '복구'는 이 양극의 사이에 있는 것이다. '지정'은 그 장소에서 중요한 사건이 일어났다는 것을 나타내는 행위이고, '복구'는 사건의 흔적을 지우고 원래의 상태로 되돌리는 것이다.**

베트남 참전 용사 기념비는 우여곡절을 거치기는 했지

* 미야지 나오코 《트라우마의 의료인류학》.

** 케네스 E. 푸트 《그늘진 땅》.

만 끝내는 신성화된 공간으로 태어나게 되었고, 나는 그 것이 말소되는 상상을 한 것이다. 푸트는 신성화, 지정, 복구, 말소가 최종적인 평가는 아니며, 과거를 재해석함으로써 조정되고 변경되어 말소되었던 장소가 새롭게 발견되기도 하고, 반대로 신성화되었던 장소가 말소되는 경우도 있다고 주장한다.*

말소된 예를 살펴보면, 대량 살인 사건이나 큰 화재 같은 사고가 발생한 후에 건물이 철거되거나 현장이 빈터로 변한 경우를 볼 수 있다. 그중에 하나 흥미로운 예로 위스콘신 주에서 에드워드 게인이 저지른 엽기적인 대량 살인 사건이 있다. 게인이 체포된 후 그의 집은 불살라져 사라졌는데, 누구에게도 방화죄를 묻지 않았고 그 후 그곳에는 소나무가 심어져 숲이 만들어졌다. 푸트의 책에 그 장소의 사진이 실려 있는데, 꺼림칙한 기억은 깨끗이 말소되고 청량한 소나무 숲의 풍경이 펼쳐져 있다. 베트남 참전 용사 기념비가 흙 속에 파묻히는 내 머릿속 상상의 모습이 뜻밖이었던 것은 그 모습이 비참한 풍경이 아닌, 초록으로 무성한 숲처럼 아름다운 이미지로 내게 떠올랐기 때문이다. 그리고 그것은 어쩌면 그 책 속의 사진이 내게 잠재적인 기억이 되어 남아 있었기 때문인지도 모르겠다.

풍경을 말소하는 데에 강력한 동기 부여가 되는 것은

---

* 케네스 E. 푸트《그늘진 땅》.

치욕이다. 에드워드 게인 사건의 경우, 범인인 게인은 체포되기 직전까지도 평범한 마을 주민으로 살아가고 있었고, 그것이 특히 마을 공동체에게 굴욕감을 초래했다고 푸트는 지적한다. 공동체는 외부인에게 책임을 떠넘길 수 없기 때문에, 사건 현장을 지워 없애고 흔적을 말소함으로써 사건과 멀어지고 책임에서 벗어나려고 한 것이다.

또 하나 흥미로우면서도 감탄한 것은 맥도널드의 교묘한 전략이다. 1984년 캘리포니아 주에 있는 샌 이시드로의 맥도널드 햄버거 가게에서 스물한 명의 사망자와 열아홉 명의 부상자가 발생한 대량 살인 사건이 일어났다. 가게는 그 후로 충분히 영업이 가능한 상태였지만, 결국 맥도널드는 가게를 철거하고 토지는 공공 이용을 위해 시에 양도하였다. 그때, 맥도널드는 그 토지를 상업적으로 재사용하지 않을 것, 그리고 그 장소에 맥도널드라는 명칭을 사용하지 않을 것을 계약서에 넣었다. 1년 후 몇 블록 앞에 다른 맥도널드 점포가 세워지고, 예전 장소에는 커뮤니티 칼리지가 들어서고 위령비가 설치되었다. 이것은 대량 살인 사건 후에 '신성화'가 이루어진 드문 예로 푸트는 사건의 전말을 자세히 기술하고 있는데, 사건 현장이었던 맥도널드는 그런 식으로 사건을 둘러싼 사람들의 기억에서 깨끗이 그 이름을 말소할 수 있었다. 분명히 "살인 사건은 레스토랑 체인점이 가지는 세간의 이미지에 큰 상처를 입힌다"*고 할 수 있다. 그 사건이 '맥도널드 대량 살인 사건'이 아니라 '샌 이시드로 대량 살인 사건'이라는 이름으로 불리기 위해서는 점포와 토지를 넘겨주는 것이 기업으로서는 값싼 투자였음이 틀림없다.

고객인 우리는 식당에 즐거움과 기쁨을 얻으러 간다. 그때 그곳에서 부정적인 그림자를 보고 싶어 하지 않는다. 요리를 맛있게 먹고 소화하는 데에 음침한 피의 이미지는 방해가 된다. 그런 것을 기피하고 싶은 마음은 방문 고객 수와 매상, 지가와 임대료 저하 등에서 명백한 수치가 되어 나타난다. 그렇기 때문에 기업도 민감해질 수밖에 없는 것이다.

상처가 그곳에 있다는 것을 인정하고, 끌어안고, 변함없이 사랑한다는 것은 감정적으로도 힘이 든다. 게다가 현대 사회에서는 이미지 전략을 한 발짝만 잘못 내디뎌도 기업은 자산 가치 저하와 경영 곤란까지 껴안게 된다. 상처를 입은 장소는 경제적으로도 계속해서 부정적인 가치를 주게 된다는 단순한 사실을 이 사례가 보여주고 있는 것이다.

현재 유네스코는 세계의 역사적 건축물이나 유적, 자연 등을 '세계유산'으로 등재하고 보존하기 위해 지원하고 있다. 일단 세계유산으로 인정되면 지명도가 훌쩍 올라가고

---

* 케네스 E. 푸트《그늘진 땅》.

관광객 유치에 절대적인 영향을 미치기 때문에 전 세계의 많은 관광지가 등재되기 위해서 애를 쓰고 있다. '세계유산'에는 히로시마 원폭 돔처럼 인간의 어리석음과 파괴적인 기억을 남기기 위해 '수치의 유산'으로 등재하고 영구적 보존을 목표로 하려는 움직임도 있다. '수치의 유산'으로 등재된다는 것은 상처의 기억을 망각하지 않기 위한 움직임으로 매우 흥미로운 것이다. 하지만 그런 것도 그 토지의 비즈니스에 방해가 되느냐 안 되느냐, 관광산업의 재료가 되느냐 안 되느냐라는 계산 없이는 있을 수 없다. 베트남 참전 용사 기념비는 그런 의미에서도 '수치의 유산' = '상처의 흔적'을 보존한 것으로 보기 드물게 성공한 예라고 할 수 있다.

치유받은 풍경

좀 더 사소한 방식으로 상처의 기억이 말소되어가는 것에 저항하고, 풍경을 '신성화'하고 '지정'하려고 하는 움직임을 그린 작품이 있다. 덴도 아라타의 《붕대 클럽》이라는 소설이다. 2006년에 출간되어 영화와 만화로도 만들어져 많은 젊은이들의 사랑을 받은 이야기다.

주인공인 여고생 와라는 디노라고 하는 묘한 남학생을

만난다. 디노는 와라가 예전에 상처를 받은 경험이 있는 장소에 찾아가 그곳에 붕대를 감는데, 와라는 그의 행동에 마음이 조금 가벼워지는 것을 느낀다.

"아무것도 없는 공간이었는데 이렇게 붕대가 감겨 있는 모습을 보니 조금 전까지 피가 흐르던 게 깨끗이 치료된 것처럼 보였어."

와라는 시오와 기모 등 친한 친구들끼리 그 효과를 서로 시험해보고, 나중에는 디노, 그리고 사이가 멀어진 친구 리스키도 함께 불러 '붕대 클럽'을 결성한다. 그리고 상처받은 사람들의 이야기를 인터넷으로 모집하고, 그들이 상처받은 기억이 남아 있는 장소로 붕대를 감아주러 간다. 그리고 그렇게 '치유된 풍경'을 카메라로 찍어서 상대방의 메일로 보내주는 활동을 시작한다.

물론 그들은 붕대를 감는 것으로 모든 상처를 치유할 수는 없다는 것을 알고 있다. "붕대를 감습니다. 효과가 있습니다. 사람마다 다릅니다." 이 캐치프레이즈는 그런 의미에서 정말 멋지다.

상처에는 온갖 종류가 있다. 누군가에게서 받은 상처뿐만 아니라, 누군가에게 입힌 상처, 친구가 상처받는지도 모르고 몰아붙인 상처, 방관자로서 아무것도 할 수 없어 보고 있을 수밖에 없었던 상처, 그런 온갖 상처들이 소설 속에 그려진다.

예를 들면, 밖에서 치한에게 당한 여학생이 있다. 범인이 잡힌 후에도 혼자서는 집 밖으로 나가지 못한다. 여학생의 그런 깊은 상처에 아이들은 자신들이 할 수 있는 것이 거의 없다는 것을 알고 있다. 하지만 그곳에 '상처'라는 이름을 붙이고 "많이 아프지?" 하고 위로의 말을 전하는 것만큼은 할 수 있다고 생각한다.

망설여질 때도 있다. 상대방이 털어놓은 고민이 사실일까, 하는 의심이 든다. '우리는 빨리 나았으면 하는 마음으로 붕대를 감아주는 건데, 그 말이 거짓말이라면 슬플 거야' 하고 생각한다. 하지만 "의심하기보다는 아무리 작은 상처라도 감아주러 갈 수 있는 곳이라면 가자" 라는 방침을 세운다.

자신이 물건을 훔친 문구점이 폐점한 것을 보고 자기 때문에 그런 것이 아닐까 하고 자책하는 아이의 메일을 받는다. 만약 그 아이의 요청을 받아들인다면 물건을 훔친 인간을 용서하는 게 아닐까 하는 마음에 망설이기도 하지만, "하지만 우리가 남을 판단할 수는 없어" 하고 생각을 고쳐먹는다.

아이들은 그렇게 타자의 상처나 아픔을 알게 되면서 자신들의 세계를 조금씩 키워 나간다. 그러는 사이에 자신이 받았던 상처와 예민한 감정에만 얽매여 굳어 있던 내면이 서서히 풀어진다.

그런데 "동네 여기저기 지저분한 천 조각들이 흩어져 있어 마을 풍경이 아주 나빠졌어요" 하고 마을 내에서 불만이 나오기 시작한다. 애써 붕대를 감아준 사람들 중에서도 "아무것도 변한 게 없어 실망했어요", "오히려 더 화가 나요", "어차피 내 상처를 가지고 논 거 아닌가요?" 라는 글을 올리는 사람도 있다. 결국 아이들은 자신의 가족들을 걱정하게 만들지도 모른다는 생각에 할 수 없이 붕대 클럽 활동을 그만두게 된다.

와라는 학교에서 조사를 받는다. 그때 그녀는 "우리가 그런 게 아니에요" 라고 당당히 부정한다. 자신들이 감아주었던 것은 '지저분한 천 조각'이 아니라 '새하얀 붕대'이고, 자신들이 남긴 것은 '더러워진 풍경'이 아니라 '치유받은 풍경'이 틀림없다고 믿었기 때문이다.

붕대가 감겨 있는 풍경은 실제로 사건이 일어나고 피해를 입은 장소이기도 하지만, 또한 동시에 심상의 풍경, 즉 마음속의 풍경이기도 하다. 사고를 당해 혼자서는 집 밖으로 나오지 못하는 여학생에게 와라는 이렇게 말한다.

"…… 누군가의 마음속에 남아 있는 풍경이 피투성이의 폐허 같은 곳이라면, 거기에 새하얀 붕대를 감는 것만으로도 풍경이 달라 보일 수 있지 않을까……."

나는 문득 내가 떠올린 상상이 어쩌면 나 자신의 지쳐

버린 마음에서 생겨난 것인지도 모른다는 생각이 들었다. 내가 베트남 참전 용사의 기념비가 흙 속에 파묻히는 장면을 상상한 것은 어쩌면 임상 현장에서 상처받은 사람들을 너무나 많이 보아왔기 때문에, 이제 더는 그들의 상처를 보고 싶지 않다는 나의 바람에서 나온 것이 아닐까. 초록이 무성한 숲을 떠올린 것은 '피투성이' 같은 현장에서 뛰쳐나와 아름다운 자연 속에서 위로받고 싶어서가 아닐까. 그렇게 지금까지 내가 받은 상처와 절망감을 기념비의 풍경에 투영한 것일 뿐인지도 모른다.

임상 현장에서만 그런 것이 아니다. 연구실에서도 대학 강의실에서도, 읽고 있는 문헌도 다루는 영상 작품들도 세상의 온갖 비참한 트라우마들뿐이다. 거기다 알지도 못하는 피해자의 상담이나 지원을 요청하는 메일은 수시로 날아온다. 특히 성폭력이나 가정 폭력 문제에 대해서는 아직도 사회적 이해가 부족하고 전문가도 많지 않다. 피해자의 권리 옹호, 회복에 필요한 지원, 더 이상 피해자가 생기지 않도록 하는 예방책, 그런 과제들이 산더미처럼 쌓여 있고, 지원을 요청하는 사람도 많다. 하지만 나도 더는 여력이 없기 때문에 요청을 거절할 수밖에 없다. 그때마다 상대방이 내버려진 듯한 기분이 들까 봐, 배신감을 느낄까 봐, (아무리 그렇게 생각하지 않으려고 애를 쓰지만) 죄악감에 사로잡히고 나 자신이 아무것도 할 수 없다는 것에 감정을 소모한다.

트라우마와 관련된 일을 하는 사람에게 이런 2차적 외상성 스트레스나 번아웃 증후군이 일어나기 쉽다는 것은 잘 알려져 있다. 상담사들을 위한 강연이나 연수를 할 때면 나도 늘 주의를 주기도 하고 나 스스로도 그런 트라우마에 빠지지 않도록 휴식을 취하거나 즐거운 시간을 보내며 몸의 균형을 유지하려고 한다. 하지만 그래도 여전히 무력감과 피로감은 차곡차곡 쌓여만 간다.

그런데 그런 나에게도《붕대 클럽》이 살며시 붕대를 감아준 것 같은 기분이 들었다. 의사도 상처를 받아요, 상처에 익숙해지는 사람은 없어요, 자신이 받는 상처가 피해자들에 비하면 아무것도 아니라는 생각은 하지 않아도 돼요, 라고 하면서. 의사라도 붕대를 감아달라고 말해도 돼요, 라고 하면서.

원점으로 돌아가다

베트남 참전 용사 기념비를 방문하기 전, 일본에서 트라우마에 관한 학회에 참석했다. 설립 당시부터 피해자의 관점을 중시하는 열정적인 임상 전문의가 많은 학회인데, 지식이 전문화되기 시작하면서 왠지 방향이 빗나가고 있다는 느낌이 들었다.

예를 들면 '외상 후 성장'이라는 말이 있다. 마음에 상처를 얻은 사람이 나중에 인간으로서 성장한다는 것을 의미하는 말이다. 사람은 상처에 의해서 약해지기만 하는 것은 아니다. 상처를 통해 배우기도 하고 성장하기도 한다. 그것은 직감적으로는 아마 누구나 충분히 이해하고 중요하다는 생각을 할 테고, 거기서 희망을 찾을 수도 있을 것이다. 나 역시 그랬다. 그러나 그것이 연구의 대상이 되는 순간, 그 개념은 측정이나 평가 가능한 '인자'가 되어버린다. '외상 후 성장'이라는 이름으로 정의되고, '성장'의 지표가 되는 항목이 선별되고, '외상 후 성장'의 정도를 측정하는 질문표가 작성된다. 질문표에는 '신뢰성'과 '타당성'이 요구되기 때문에, 상처받은 사람들의 협력을 얻어 계속해서 측정이 반복된다. 그리고 병전 성격이나 PTSD 증상의 정도, 우울증의 정도, 사회적 활동도 등을 비교하면서 상관관계를 조사한다. 그런데 학회 심포지엄에서 어느 발표자 하나가 그런 연구 과정을 소개하면서 "대체 내가 지금 뭘 하고 있는지 알 수가 없어졌어요" 라는 말을 무심코 흘렸을 때, 나도 똑같은 심정이 들었다.

'회복탄력성'이라는 말도 마찬가지이다. '회복탄력성'이란 상처에 대한 저항력, 회복력, 복원력을 의미하는 것으로, 최근의 트라우마 연구에서 주목을 받고 있다. 인간은 상처를 받기만 하는 존재가 아니라 그것을 극복하는 힘을 지닌 능동적인 존재라고 생각하는 것, 그리고 자연 회복력에 주의를 기울이는 것은 중요한 일이다. 그런데 예를 들어, 회복탄력성에 대한 개인차가 두드러지면 "트라우마를 겪고 나서 좀처럼 회복되지 않는 것은 그 개인의 회복탄력성이 낮기 때문이다" 라는 연구도 진행되면서, 자기책임이나 피해자에 대한 비난의 논리로 바뀌기 쉽다.

그 학회에서 미국에서 온 전문가의 초빙 강연도 있었는데, 이라크 전쟁에 참가한 미군 병사의 PTSD 연구가 소개되었다. 강연을 들으면서 나는 '트라우마 연구가 언제부터 싸워도 상처 입지 않는 인간을 늘리기 위한 학문이 된 것일까' 라는 생각이 들었다. PTSD 예방과 치료 연구에 막대한 예산이 투입되는 것, 그러면서도 아무렇지 않게 병사를 전쟁터로 내보내는 것, 그 둘이 미국에서는 모순이 아니다. 미군 병사가 PTSD를 갖고 있는지 없는지, 또는 그에 대한 위험 인자를 조사하고 발병을 예방하고 조기 회복을 위한 대책은 연구되고 있지만, 파병을 멈추자고 하는 제안은 나오지 않는다. 이라크인들의 PTSD에 대해서는 조사는커녕 언급조차 되지 않는다. 그것에 위화감이 드는 사람은 없는 걸까 하고 주위를 둘러보지만, 다들 열심히 강연에 귀를 기울이고 있다. 고립감을 느낀다.

물론 조사의 연구 결과는 트라우마의 본질을 해명하고

더 효과적인 치료를 제안하는 데에 도움이 될 것이다. 임상 의학 학회에서 반전(反戰)을 호소한들 어찌할 수도 없을뿐더러, 초빙된 전문가들을 상대로 미국 정치를 비판하는 것도 의미가 없다. 도움이 되는 내용만 선택적으로 받아들이면 되는 것이다. 그렇게 스스로를 타이르면서 나는 그저 묵묵히 강의를 들었다. 근본적인 질문을 던지고 더 더욱 고립감을 느낄까 봐 두려웠는지도 모르겠다.

PTSD라고 하는 질병의 개념이 베트남 전쟁 귀환병의 연구에서 시작되었다는 것은 잘 알려진 사실이다. 하지만 그 연구가 또 다른 전쟁, 또 다른 병사들의 상처를 막지는 못했다. 내가 베트남 귀환병들의 기념비를 찾아간 것, 그리고 그 주변의 풍경이 말소되는 상상을 하게 된 것은 이 학회가 끝난 직후였다는 것에도 그 원인이 있을 것이다.

그런데 《붕대 클럽》이라는 소설이 그런 나를 원점으로 돌아가게 해준 것 같은 기분이 든 것이다.

"…… 이름이 붙여졌어, '상처'라는 이름이. 상처를 입으면 아프고, 누구나 움츠러드는 게 당연해. 하지만 상처니까 치료하면 언젠가는 낫지 않을까."

시오는 그렇게 말한다. 그런 단순한 모델로 정신 의료에 임하는 건 곤란해요, 하고 전문가들이 비난하는 소리가 들려오는 것만 같다. "상처니까 치료하면 언젠가는 낫지 않을까." 하지만 사실은 꼭 그렇지는 않다. 그렇다면 이건 어떨까? 디노가 예전에 입은 깊은 상처에 대해 와라는 이렇게 말한다.

"이런 게 아무 소용 없다는 건 알아. 하지만 아무 소용이 없다는 표시로라도 붕대를 감아주러 가자."

전문의라는 사람이 소설 속의 고등학생이 하는 행위에서 뭘 배우고 어떻게 하겠다는 말인가, 하고 또다시 비난의 목소리가 들려온다. 하지만 붕대 클럽의 활동이 어째서 안 되는 것일까. 애초에 정신 의료와 트라우마 치료가 붕대 클럽이 하는 수준의 치료부터 제대로 제공하고는 있는 걸까?

상처라고 이름을 붙이는 것. 치료받은 풍경을 남기는 것. 그렇게 한들 아무 소용이 없을 수도 있다는 사실을 받아들이고, 그 '증표'를 남기는 것.

붕대 클럽의 망설임과 고민은 트라우마 치료의 망설임과 고민과 똑같은 것이기도 하다. 상처의 깊이, 진실의 소재, 윤리적 판단의 어려움. 치료하는 사람이 느끼는 무력감과 죄악감. 붕대 클럽의 멤버가 내놓을 수 없는 답은 트라우마 전문가들도 내놓을 수 없다. 하지만 전문가이기 때문에, 무리하게 선을 긋고, 답을 내려고 하고, 그러다가 상대방의 상처를 더 깊게 만들고, 무시해버리고 있는 건 아닐까? 전문가이기 때문에, 자신이 망설이고 고민한다는 것, 그리고 자신도 상처를 받고 있다는 것을 애써 감추려고 하는 것은 아닐까?

상처를 사랑할 수 있을까

상처를 사랑할 수 있을까. 마음의 상처에도 여러 가지가 있다. 긁힌 상처. 베인 상처. 맞은 상처. 자신이 준 상처. 남에게 받은 상처. 상처 받았다는 상처. 상처 주었다는 상처. 아무리 시간이 흘러도 낫지 않는 상처. 딱지가 금방 떨어지는 상처. 점점 합병증을 일으키는 상처. 감염을 일으키는 상처. 생살이 돋고 오그라들며 흉터가 남는 상처. 신체의 기능 부전을 일으키는 상처.

상처는 아프다. 그대로 두어도 아프고, 만지면 더 아프다.

상처를 사랑한다는 것은 어렵다. 상처는 보기 흉하다. 상처는 참혹하다. 똑바로 쳐다볼 수 없다고 해도 괜찮다. 때로는 눈을 돌리고 보이지 않는 척해도 괜찮다. 감춰도 괜찮다. 소설 속에서 어른이 된 디노는 저널리스트가 되어 상처 입은 세상의 풍경을 '목격'하고 계속 기록해 나가지만, 누구나 그런 강인함을 가질 필요는 없다. 다만, 상처를 없었던 것으로 하지는 않았으면 좋겠다.

상처가 있는 풍경에서 도망칠 수 있을지는 모른다. 상처가 있는 풍경을 말소할 수 있을지도 모른다. 하지만 상처를 입은 자신, 상처를 입힌 자신으로부터는 도망칠 수 없다. 기억의 흉터에서 몸이 해방될 수는 없다. 베트남 참전 용사 기념비의 검은 벽을 바라보는 병사들의 동상이 힘겹게 짐을 짊어지고, 얼굴에는 지친 그늘이 깊이 새겨져 있는 것처럼.

그럼에도 불구하고 사람은 계속해서 살아간다. 소설 속의 기모는 어른이 되어 자신의 가게를 차린다. 그리고 예전에 와라가 보내준 사진, 붕대를 칭칭 감고 있는 인체 모형 사진을 평생의 부적으로 여기고 가게에 걸어둔다. '치유 받은 풍경'을 매일매일 바라보면서 그는 자신의 삶을 살아갈 수 있는 것이다.

상처가 그곳에 있다는 것을 인정하고, 받아들일 것. 상처의 언저리를 가만히 어루만질 것. 몸 구석구석을 보살필 것. 딱지와 흉터를 감싸고 보듬어줄 것. 더 깊은 상처를 입지 않도록 치료하고, 호기심의 눈길로부터 가려주고, 그렇지만 부끄러워하지 않을 것. 상처와 함께 앞으로의 남은 삶을 살아갈 것.

베트남 귀환병들이 전쟁 후의 기나긴 삶을 상처와 함께 살아가는 모습을 그린 《미싱 인 어메리카(Missing in

America)》(가브리엘 새비지 독터먼 감독, 2005년)라는 영화가 있다. 전쟁터에서 돌아와 몇 년이 흘렀지만 여전히 사회에 적응하지 못하고 깊은 숲속으로 들어가버린 귀환병들은 이미 초로에 접어든 나이에 각자 자급자족에 가까운 생활을 이어가고 있다. 제이크도 그중에 한 명으로 여전히 전쟁의 기억으로 괴로워한다. 어느 날 예전에 그의 부하로 폐암을 앓고 있는 헨리가 찾아와, 베트남 여성과의 사이에서 태어난 린이라는 여자아이를 부탁하고 떠난다. 제이크와 린은 어색해하면서도 부녀와 같은 관계를 만들어간다. 숲에 살고 있는 레드라는 또 다른 인물은 전쟁 때 베트남 소녀가 던진 수류탄 때문에 얼굴에 심한 흉터가 남아 있다. 베트남인의 피가 흐르는 린과 과거 전쟁터의 적을 따로 떼놓고 생각할 수가 없었던 레드는 어느 날 숲속에서 린을 위험에 빠뜨린다. 하지만 자신이 놓은 덫에 걸려 심한 상처를 입고 쓰러지고, 그런 레드를 린은 필사적으로 도우려고 한다. 린은 레드의 얼굴에 남은 일그러진 흉터에 살며시 손을 대고 부드럽게 쓰다듬는다. 레드는 머뭇머뭇하며 그 손 위에 자신의 손을 얹으며 눈물을 흘린다. 레드의 깊은 상처는 죽음을 눈앞에 두고서야 비로소 치료를 받고, 사랑을 받고, 위로를 받는다.

영화는 제이크가 베트남 참전 용사 기념비를 찾아가면서 끝이 난다. 그곳은 예전에 헨리가 찾아가 전사한 전우

들을 생각하며 자살을 단념한 곳이기도 하고, 린이 새로운 삶을 얻게 된 곳이기도 하다. 제이크도 기념비의 검은 벽에 새겨진 동료들의 이름을 손으로 쓰다듬는다. 그런 제이크의 모습도 검은 벽에 반사되어 비치며 벽으로 감싸인다.

상처 있는 풍경이 계속 남아 있는 것에서 사람은 때로는 위로를 받는다. 끝나지 않는, 기나긴 '전쟁 후'가 그곳에 새겨진다.

다시 한번 되뇌어본다. 상처가 그곳에 있다는 것을 인정하고, 받아들일 것. 상처의 언저리를 가만히 어루만질 것. 몸 구석구석을 보살필 것. 딱지와 흉터를 감싸고 보듬어 줄 것. 더 깊은 상처를 입지 않도록 치료하고, 호기심의 눈길로부터 가려주고, 그렇지만 부끄러워하지 않을 것. 상처와 함께 앞으로의 남은 삶을 살아갈 것.

상처를 사랑할 수 없는 나를, 당신을, 사랑하고 싶다.
상처를 사랑할 수 없는 당신을, 나를, 사랑하고 싶다.

저자 후기

가끔 내가 쓴 문장에서 위로를 받을 때가 있다. 글을 쓰는 것은 그 때문인지도 모른다는 생각을 하기도 한다. 이 책을 읽은 독자도 나와 같은 효과를 조금이라도 얻을 수 있다면 참 기쁘겠다.

에세이를 한번 써보지 않겠습니까? 이렇게 말하며 편집자 니시 히로타카 씨가 갑자기 연락을 해왔다.

상처를 껴안고 살아간다는 것에 대해, 학술 논문에는 실리지 못하고 흘려보내 버린 이야기를 담아보자. 우리 모두 말로는 하지 못하는 아픔을 껴안고 살아가는 시대에, 여행지에서 생긴 소소한 일이나 영화와 예술 작품에서 뭔가를 볼 수 있지는 않을까. 누군가가 상처를 주고, 서로 상처를 입으며 살아가는 속에서 생기는 지혜, 상처를 껴안고 있기에 깨닫는 것이 있지 않을까. ……

그렇게 의기투합하여 진행하기로 했지만, 내 쪽에서 다른 일들에 치이다 보니 원고가 내내 제자리걸음이었다. 결국 1년 동안 미국에 머물며 겪었던 일들을 함께 묶어 예정보다 3년이나 늦게 마무리할 수 있었다. 니시 씨, 오래 기다려주셔서 감사합니다.

2장은 미국에 체재하는 동안《주간 의학계 신문》에 연재한 글을 바탕으로 했다. 기회를 마련해준 의학서원 편집부 시라이시 마사아키 씨, 담당 편집자 나카지마 요시유키 씨에게 감사를 전한다. 미국에 머무는 동안 풀브라이트 장학금 선고위원과 사무국 여러분, 은사 주디스 허먼 씨, 그리고 보스턴의 소울 패밀리인 마이크 루와 톰 해리건에게 많은 도움을 받았다. I thank you very much.

이 책은 여러 친구와 동료, 그리고 가족들의 따뜻한 지원과 협력이 없었다면 나올 수 없었을 것이다. 일일이 이름을 올리지는 않겠지만, 깊은 감사를 전한다. 여러 여행지에서 만난 사람들, 임상 현장에서 만난 환자들에게도.

차가운 밤하늘의 북극성을 바라보며.

2009년 12월

미야지 나오코

옮긴이 박성민
도쿄외국어대학교 대학원에서 일본어학을 전공하고 통번역사로 일했다. 번역서로《책은 시작이다》,《심호흡의 필요》,《세상은 아름답다고》,《나쓰메 소세키 - 인생의 이야기》,《다자이 오사무 - 내 마음의 문장들》,《봄은 깊어》등이 있다.

상처를 사랑할 수 있을까

2023년 1월 20일 1쇄 찍음

지은이 미야지 나오코
펴낸곳 시와서 출판
펴낸이 송승현

출판등록 2016. 12. 6.
주소 경기도 파주시 책향기로 183, 1507-506
전화 070-8200-1604
이메일 siwaseo@gmail.com
블로그 blog.naver.com/siwaseo
인스타그램 www.instagram.com/siwaseo

ISBN 979-11-91783-05-6